Banno Skill no Retto Seijo
万能スキルの劣等聖女
～器用すぎるので貧乏にはなりませんでした～
「さあさあ、まずはお身体を洗いますよ～」
「あの……自分で洗えるので大丈夫ですよ？」
ソアラ
15歳の頃に
前世の記憶が蘇り
自分が転生者だったと
気づいた聖女。
「ダメです！ ソアラ様はお疲れですから、しっかりケアしてあげないと～」
ルミア
ソアラのマネージャーを
務める少女。
≪獣人族≫という種族で、
身体能力抜群。

「あの、お二人とも
まだ起きて
いますよね？」
「はい。眠れなくて
すみません」
ローラ
ダルメシアン一刀流
という剣術の師範代。
真面目な性格だが、
エレインとは犬猿の仲。

「私も起きているぞ」
「あの、本当に私がリーダーのパーティーで大丈夫だと思っていますか？」
エレイン
ハーフエルフの一流魔術師。
ソアラのことを
"姐さん"と呼んで慕う。

「そ、ソアラ先輩……！
や、やっとお会いできましたわ……！」
エリス
貴族の生まれで、
ソアラに憧れている聖女。
Sランクスキルに
覚醒している天才。

ダッシュエックス文庫

万能スキルの劣等聖女
～器用すぎるので貧乏にはなりませんでした～

冬月光輝

CONTENTS

Banno Skill no Retto Seijo

FUYUTSUKI KOKI presents

Illustration by

HIGENEKO

プロローグ

Banno Skill
no
Retto Seijo

ラジオから流れてくるのは英会話講座。

そういえばこの時間は好きなアニメもやっていたはず。

私はリモコンでチャンネルを変える。ええーっと、ここにきて余《よ》弦《げん》定理の証明？　なるほど、この大学の入試問題、きちんと数学の教科書の内容を理解できているか試すタイプの問題が多いみたい。バランスボールって、見た目よりも意外とバランスとるの大変なんだ。油断したら転《こ》けそう……。

「あの、蒼愛《ソアラ》ちゃん。一緒に勉強しよって誘ったのは私だけどさ。いつもこうなの？」

「えっ？　あ、はい。貧乏性なので時間がもったいなく感じまして」

「それは貧乏性とは関係ないような……」

友達の由紀子《ゆきこ》さんは呆れたような顔をして、私の顔を見る。

そういえば、お友達と家で勉強なんて初めての経験だった。

私は気が弱くて、引っ込み思案な性格だから。

いつもはさらにゲームやりながら勉強しているんだけど、それはちょっと言えないかも。

「じゃあ、今ラジオで流れている英語、ちゃんと聞き取れているの？」

「ええ、環境問題でCO2を削減するにはどうすればよいのかという議論をしています」

「アニメは？」

「第6話目で味方だと思われていた人物が実は敵かと怪《あや》しんでいたら、そんなことはありませんでした」

「手は数学の証明問題しながら私との会話も成立している……、しかもバランスボールの上で。蒼愛ちゃん、すごーい」

私の変な特技を褒《ほ》めてくださる由紀子さん。

横着だとお母さんにはしかられるんだけど、ちょっと嬉しい。

昔から刺激のある生活に憧《あこが》れていて、でも現実は思ったよりも退屈で――私には少し刺激が足りなかったのだ。

だから刺激を増やすために色んなことを同時にやってみようとしてみた。

その結果、この変な特技が身についたんだけど、これが結構役に立っている。

あとから知ったけどこれはマルチタスクというスキルらしい……。

「なんか蒼愛ちゃんって、普通じゃない人生を歩みそうだよねー」

「そうでしょうか？　それなら嬉しいですが……」

私はそのままバランスボールに座りつつ、勉強を続ける。

そして三十分後……。

「じゃあ私、そろそろ帰るね」

「はい。由紀子さん、また明日学校で」

ニコニコしながら手を振って帰っていく由紀子さん。

――また明日。そう、私はこの瞬間まで、その明日が当たり前のようにくると信じていた。

でも私は二度と由紀子さんには会えなかった。

なぜなら、このあと私はお母さんにおつかいを頼まれてその途中で――。

「救急車だ！　女の子が倒れている！」

「ワゴンと衝突したらしい！」

「ミャー、ミャー」

「この猫を助けようとしたのか……」

まわりの声はよく聞こえるのに、口が動かない。

ううん。口だけでなく、手も足も指先ひとつ動かせない。

可愛らしい白猫さんだなぁ、思っていたら突然車道に飛び出して、轢《ひ》かれそうになったのを助けようとしたら……間抜けなことに私が車に轢かれてしまったのだ。

（由紀子さん、ごめんなさい……）

心の中で謝りつつも、私の意識は次第に遠退《とおの》いていった。

◆

ふわふわする。まるで雲の上に乗っているみたい。

なんだかいい匂いもしてきたし。これはなんだろう？　花のような甘い香り。

ああ、これって天国なのかな？　十字架や彫刻が飾られていて教会みたいな雰囲気だし……。

お父さん、お母さん。ごめん、私死んじゃったみたい……。

「ったく、なにをボーッとしていやがる。ソアラ、お前が聖女になったって聞いたからわざわざ迎えにきてやったんだぞ」

「えっ？　あ、あなた誰ですか？」

声をかけてきた男性は、とても日本人には見えなかった。

彫りが深くて鼻が高く、赤髪碧眼《せきはつへきがん》で整った顔立ちをしている。

ハリウッドスターかな？　こんな濃い顔の知り合いいないんだけど……。

私を迎えに来たってどういうこと？　それに、ここはやっぱり教会なんだろうか？

「おいおい、僕に『誰ですか？』とか寝惚《ねぼ》けてんのかよ。昔、孤児院で鈍臭《どんくさ》いお前の面倒をみてやったじゃないか。まさか、この勇者ゼノン様を忘れたとか言うんじゃないだろうな？」

「すみません。本当に……、えっ？　勇者？　ゼノンさん？　ううう、頭が……痛い……」

その名前を聞いた私は激しい頭痛に襲われる。

あれ？　そうだ。私はこの人の知り合いだった……。

この方は確かゼノン。ゼノン・グランクラン――私と同じ孤児院で育った幼馴染みだ。

私には親がいなくて、ずっと孤児院で生活していて、今はこの教会で毎日お祈りして過ごしていたのに……、なんで一瞬全部忘れていたんだろう。

彼とは今日、ここで会う約束もしていた。それすら忘れていたなんて、なんだか変だ……。

（おかしな夢のようなものを見たせいでしょうか。ですが夢の中でも〝ソアラ〟と呼ばれていたような……）

友達と受験勉強をして……、それから交通事故に遭《あ》って、死んだ夢。

妙にリアルだった。あれは……まさか。

（私の記憶……ということでしょうか。まさか前世の記憶？）

ようやく冷静になった私は、トラック事故に遭った女子高生《ソアラ》の記憶について考えてみる。

あのソアラは前世の私で……死んでしまったあと勇者や聖女がいる異世界に転生した。

かなり漫画やアニメみたいな展開だけど、そう考えるとしっくりくるから仕方ない。

漫画やアニメという言葉がスルッと思い浮かぶのも前世の記憶の影響だろう。

（ですが、どうしてこのタイミングで思い出したのでしょうか）

「おい！　ソアラ、お前どうしたんだ？」

私の目の前で怪訝《けげん》そうな顔をしているゼノンさんが、私に声をかけてくる。

彼は私と同じ孤児院にいたのだが、ある日勇者としての天啓《てんけい》をこの教会で受けて、旅立っていったのだ。

『誰もが僕を馬鹿にしないくらいすごい英雄になってやる！』

満面の笑みで孤児院を出ていったのが一年前。

その自信も頷《うなず》ける。彼は昔から天才肌で、勇者としての資質だけでなく冒険者の中でも数千人に一人しか現れないというSランクスキルにも覚醒した稀有《けう》な才能の持ち主だからだ。

彼はいずれ魔王を倒して英雄になるだろう。

鈍臭くて、気が弱い私と違ってそういう星のもとに生まれた人だから……。

「ゼノン、さん。すみません。ちょっと頭が混乱していまして。大丈夫です。ちゃんとあなたのことは覚えていますから」

「おいおい、しっかりしてくれよ。……しかしまさか鈍臭くてダメダメだったお前が聖女として天啓を受けるとはな。まー、馬鹿みたいに毎日お祈りやらしていたからかもしれないが」

「そ、そんなこと言わなくてもいいじゃないですか！」

昔から彼は口が悪い。そういうところはあまり好きではなかったが、勇者として仲間を集めている彼は古巣で私が聖女になったという話を聞きつけてパーティー勧誘にきたのだ。

「で、お前はどんなSランクスキルに覚醒したんだ？　今、僕はSランクスキルを修得したいわゆる〝覚醒者〟をパーティーのメンバーに募《つの》っていてな。ようやく二人集まったんだ。お前で三人目になるが」

「私はSランクスキルには覚醒していないんです。だから……」

「おいおい、マジかよ。お前が？　だって、お前には聖女の天啓があったんだろ？」

「それは……、ありましたけど」

　そう……、私は聖女にはなったが〝覚醒者〟ではない。

　確かに聖女として目覚めた者の多くは勇者と同様に〝覚醒者〟となる者が多いらしいが……私はそうではなかった。

「ふーん。まぁ、どこかで聞いた話だが遅れて覚醒するケースもあるらしいし。なにより聖女ってだけでもネームバリュー的には十分だ。よし、お前を栄誉あるこの勇者ゼノンのパーティーに入れてやる。こんな辛気臭《しんきくさ》い教会から出て、英雄になるぞ」

「えっ？　ちょっと待ってください！　まだ私は心の準備が……！」

「うるせぇ！　もう決定事項だ！　さぁ、行くぞ！」

　強引に腕を引っ張られて教会の外に出た私。

　昔からこの人は全然変わっていないな……。

　でも、まぁいいか。鈍臭くてダメダメな自分だったのは事実だし、怖い気持ちもあるけれど冒険者になるのも悪くない。

前世の私は結構こういう刺激的な人生に憧れていたし……、頑張ってみよう。

こうして私は刺激的な人生という前世での夢を異世界で叶《かな》えようと冒険者の道を歩みだしたのだ。

せっかくだから色んなことを経験したいよね。剣や魔法はもちろんだけど、もっともっと色んなことを覚えて、パーティーの役に立てるようにしよう。

(問題はSランクスキルに覚醒できるかどうかですが……、もしダメだったとしても足を引っ張らないように自《みずか》らを鍛えなくてはなりませんね)

――その思いを胸に、常に努力と研鑽《けんさん》を怠《おこた》らなかった私はそれなりに自分の力に自信が持てるようになっていた。

だが、パーティーに入って二年後の昼下がり。私はゼノンさんから、とんでもないことを宣告されるのである。

◆

「聖女って聞いてたから、そのうちSランクスキルに覚醒するって思ったんだが。なにもかもが凡庸《ぼんよう》な劣等聖女であるお前はもう要《い》らない」

それは青天《せいてん》の霹靂《へきれき》と言っても過言ではない。

昼食を摂《と》るためにパーティー四人で訪れたレストランで、私たちはいつもどおり食事をしていた。お昼時だけあってお客さんも多く、店内はガヤガヤと騒がしい。

そんな中で食事を終えるなり、ゼノンさんは勇者である自分のパーティーに私は要らないとはっきり告げたのだ。

（えっ？　私を勧誘したのはゼノンさんのほうですよね？）

食事をしながら本を読んでいた私は驚きすぎて声が出なかった。

忘れもしない二年前、強引に私を教会から引っ張り出してパーティーに入れたのは彼自身。

それから私は研鑽を怠らずに古今東西の千を超える魔術や、剣技、鞭《むち》、弓、ブーメラン、トンファー、あらゆる格闘技を一流と呼ばれる水準まで精度を高めて修得した。

幸運なことに前世で得意だったマルチタスクが活《い》きて、多くのスキルを覚えることができ、冒険にも大いに役立っていた。

それに最近……私たちのパーティーは魔王軍の幹部撃破という功績を挙げたのだが、私もそれなりにパーティーに貢献したという自負があった。

今、最も魔王の討伐に近いと言われるまでに成長した勇者ゼノンのパーティー。私もその一員として恥じぬようにと気合いを入れているつもりだった……。

どうやらそれでもゼノンさんからすると、劣等聖女だと揶揄《やゆ》するくらい使えない人間だったみたいである。

「凡庸と言われましても、私も努力して色々とスキルを修得していますし、貢献もできているはずです」

「はは、器用貧乏なだけだろ？　お前のチンケなスキルなんてSランクスキルに比べたらなにもないも同然なんだよ。お前だけだぞ、一芸に秀《ひい》でたスキルを持ち合わせていないのは」

私の主張を、ゼノンさんは嘲笑《あざわら》った。

私のスキルなど低レベルで無価値も同然だと……。

確かに治癒術士リルカさんや剣士アーノルドさんは選ばれし天才だけが得ることができるという〝Sランクスキル〟に覚醒している、いわゆる〝覚醒者〟。

リルカさんは一度に大人数の体力を大幅に回復する全体治癒術《エクスヒール》を、アーノルドさんは岩山をも木っ端微塵《こっぱみじん》にするほどの剣術を覚えて人間の限界を超えた力を得ている。

もちろんゼノンさんも覚醒しており勇者として相応《ふさわ》しい力を持っていた。

Sランクスキルに覚醒していないのは私だけ。

ゼノンさんが私のことを器用貧乏で凡庸な人間だと揶揄するのにはそんな背景があったのだ。

（嫌な予感はしていました。聖女の天啓を得たとき、覚醒者になれなかったのですから）

前世で憧れていた刺激的な生活。

確かにその願いは叶ったし、努力の末に気が弱かった自分もそれなりに自信がついてきたの

に……、その終着点がこんな扱いとは。

やはり人生とはどこの世界でも上手《うま》くいかないものである。

いや、まだ諦めるには早い。私は〝覚醒者〟ではないが、役に立っていたはずだ……。

「ゼノンさん。考え直してください。私が抜けたら困ることもあるはずです」

「ああ、戦力なら気にしなくていいぞ。実はな、〝Sランクスキル〟に覚醒していて、しかも王家の血を引くというエリスという名の聖女を新たにパーティーに勧誘しようと思っていてな」

「はぁ……」

「お前さえいなくなれば、全員が〝覚醒者〟という世界一ハイレベルなパーティーが完成するのだ。……もう一度言うぞ。ソアラ……お前さえいなくなれば、このパーティーは最高のパーティーになるんだ」

全員が〝覚醒者〟という世界一ハイレベルなパーティーか。

これは完全に私がお邪魔虫、という感じみたいだ。

今までの努力がなんの価値もないも同然とは、釈然としないけど、ゼノンさんは本気でそう思っているみたい。

「私は戦力外ということでしょうか？　Sランクスキルがなくとも十分に皆様を援護しながら戦えていると思うのですが」

それでも私はまだ引けない。

パーティーの中で仲間のために役に立っているという自信もようやくついたというのに、Sランクスキルに覚醒できないという小さな理由で追い出されるなんて到底承服できない。

昔……というか前世から不当なことには不当だと主張せずにはいられない性格だったので、私はゼノンさんの主張に反論をした。

「くっくっく、おいおい、なぁ聞いたか？　この女、自分が僕たちを援護していると思ってるらしいぞ！」

「うそー、マジでウケるんですけど。だって、ソアラって一人しか治療出来ないじゃん」

「岩を斬り落とすことが限界の女などに助けられた覚えはない」

ゼノンさんが馬鹿にしたような声を出すと、リルカさんもアーノルドさんも私なんかに助けられたなんて微塵も思っていないと断言した。

（そ、そうだったのですか。私の力は本当に不要だったのですね……）

驕《おご》っていた。努力すればきっとこのパーティーに貢献できると思ってたのに……。

「私は器用貧乏の役立たず、ということですか」

「ようやく理解したか？　相変わらず鈍臭い女だな……。さっさと出ていけ！」

「わ、わかりました。出ていきます。そ、それでは……、あ、あれ？　……あ、あの私の鞄の中身は？」

私は荷物を持って店から出ようと思ったが、鞄の中が空っぽになっていることに気づく。

「あー、いなくなる奴の持ち物なんて売るに決まってんだろ？　今まで、僕らの金魚のフンやってた迷惑料だと思えば文句もあるまい。消えろ、この劣等聖女が！」

「くっ……！　ぜ、ゼノンさん、あなたはそこまで私を……」

こうして私はゼノンさんの嫌がらせで無一文でパーティーから追放された。

勇者のパーティーにとって私は要らない存在だったのだ。

今までの努力によって得た自信も、わずかに持っていた物資や現金やなにもかもも失って
──私の精神は崩壊する寸前である。

「ですが、せっかく二度目の人生を与えてもらえたのですから。私は負けるわけにはいきません」

この身には精一杯生きることができなかった前世のソアラの魂もある。

彼女にできなかった生をまっとうして幸福を摑むまで──。

(私は生きることを諦《あきら》めません)

「とりあえず、無一文の状態をなんとか脱出しましょう」

私は自分のできることを探すために一人で歩みを進めた。

どうしよう。うーん、なんとかお金を稼ぐ方法を見つけなくては……。

第一章 ◆「今日からフリーの冒険者です」

Banno Skill no Retto Seijo

「パーティーを追放されてすぐにやることではありませんが、やはりアレしかありませんか……」

すぐにお金を得られる職種には心当たりがある。

ゼノンさんのパーティーに所属したてのとき、臨時で人手が欲しい際に利用した冒険者ギルド所属のフリーター。いわゆる、フリーの冒険者になればいいのだ。

好んで一人でいる方、パーティーに所属ができずに自己アピールも兼ねて腰掛けでやっている方など、目的は様々。

彼らは主《おも》にパーティーの助っ人《サポーター》や一人でこなせるお手伝いのような仕事をしていた。

この仕事のいいところは大抵は前金で生活に必要な最低限のお金がいただけること。

そして仕事が無事に終われば、次の仕事までの繋ぎの給金を得ることができる。

(人見知りなので、できれば避けたいところですが贅沢《ぜいたく》は言えませんね)

私などの力でも多少のお手伝いくらいはできるはず。ゼノンさんのパーティーでの経験もなにかしらの役には立つと思うのだ。

あいにくパーティーで遠征に出ていたので、ここはジルベルタ王国の中でも田舎のほうに位置する。冒険者ギルドもそれほど大規模なものでない。

だからギルドに登録してすぐに仕事を得ることはできないとは思うけど……それでも真っ当にお金を稼ぐ最短ルートなのは間違いないと思う。

(とはいえ、緊張します。門前払いとかされませんよね──)


「ソアラ・イースフィルですって!? ソアラ様って、あの……勇者ゼノン様のパーティーに所属している聖女様ですよね?」

「あ、はい」

ジルベルタ王国の辺境。北側に位置する冒険者ギルドの受付で登録しようと名を告げると、受付の男性は椅子からひっくり返りそうになるくらい驚いた。

どうやら私のことをご存じのようだ……。

一応、うなじに聖女としての神託を受けた証拠の紋章があり……偽物《にせもの》の聖女だと疑われるのも嫌だったので、それを見てもらうことにする。

「ご、ゴクリ……。た、確かに……、って、見せなくても大丈夫ですよ! 当ギルドは鑑定士によるステータス鑑定を全員に行っていますので。虚偽申告はすぐにバレますから。それにその長い金髪と美しい容姿。間違いなくソアラ様だと確信しております！」

「は、はぁ……、あ、ありがとうございます」

迂闊《うかつ》だった。うなじを見せる必要はなかったみたいだ……。

（どうしましょう。すっごく恥ずかしいんですけど）

勇者であるゼノンさんが有名人なので、私の名前や外見の特徴もそれなりに広まっているみたいだ。

（有名なら有名で恥ずかしいかもしれません。世間知らずなのがバレてしまいましたし）

私は顔から火が出そうなのを誤魔化しながら、必死で真面目《まじめ》な顔を作る。

「しかし、ゼノン様のパーティーになにか不測の事態でも？　ソアラ様ほどの方がフリーターになるなんて、考えられませんよ」

「いえ、勇者様たちは健在ですが……誠にお恥ずかしながら私は戦力外通告を受けまして」

「ええーーーっ!?　武芸百般、才色兼備、質実剛健、快刀乱麻《かいとうらんま》、と言われているソアラ様が戦力外!?　ご病気になられたとかでしょうか？」

戦力外通告を受けた話をすると、受付の方は身を乗り出して大きな声を出した。

（わ、私ってそんな風に言われているのですか？　あまり可愛らしいイメージではないのですね……）

なんかすっごく過大評価されているような気がして、緊張してしまう。

だが、世間的には勇者ゼノンのパーティーの一員ってことで私の評価はかなり高いらしい。これは嬉しい誤算かもしれない……。

「えっと、体調は至って健康です。それで仕事をいただくことはできるのでしょうか？　なるべく早く仕事が欲しいのですが……」

「早く仕事がしたい、ですって!?　とんでもない！　それは無理ですよ！」

やはり無理か……。

勇者のパーティー所属だったという面がプラスに働きそうで少々期待したのですが、そんなに甘い話はないみたいだ。

（残念ですね。他にお金を作る方法を考えないと――）

「ソアラ様がフリーターになったなんて発表したら、助っ人《サポーター》希望のパーティーが殺到してしまうのは目に見えています！　そうなると抽選を行ない、さらにスケジュールの管理なども徹底しないとなりませんから！　少なくともお仕事を開始するまでに三日はかかるかと！」

「ふぇっ……!?」

「そうだ！　マネージャーを付けましょう！　ソアラ様の身の回りのお世話をする人員が必要ですよね!?　誰にしますか……、やはりソアラ様は女性ですから、女性のマネージャーがよろしいでしょうな！」

なにやら、抽選とかマネージャーとか予想外のワードが飛び出して完全に置いていかれてしまっている。

それに、お仕事を開始できるまで三日もかかるとは……。無一文なのですぐにでも稼ぎたいのだが……。

「では、当ギルドとの契約金なのですが、申し訳ありません。規約でフリーターの契約金の上限が一〇〇万エルドに決まっておりまして。ソアラ様との契約金は一〇〇〇万でも足りないと思うのですが、特別報奨金などで穴埋めさせてもらいますので、どうか今回は一〇〇万エルドで契約のほうをよろしくお願いします」

「そ、そんなに……ですか？」

「やはり、少ないですよね？　勇者ゼノン様のパーティーは年間で一〇億エルド以上稼いでいるのは存じています。いやはや、お恥ずかしい限りです」

カウンターの上に無造作に置かれた一〇〇万エルドの札束。

け、契約金なんていただけるとは知らなかった。それもこんなにたくさん。

（ゼノンさんのパーティーはそんなに稼いでいたのですか？　あまりお金に興味がなかったので知りませんでした）

衣食住については彼に任せきりだった。そんな中で、いただいたわずかなお小遣《こづか》いでやりくりしていたのである……。

「ぜひ、契約させてください！」

「ありがとうございます！　聖女ソアラ様が我がギルドに！　このギルド始まって以来の大ニュースです！」

こうして私は冒険者ギルドの受付さんと、所属フリーターとして契約を結ぶことになった。

◆

それから私はフリーター登録に必要ということで、ギルドに所属している鑑定士さんに能力を診《み》てもらうこととなった。

ギルド内にある応接室に通された私は、高そうなソファに鑑定士さんと対面して座らされている。

こうして鑑定によって自分の力を測ってもらうのは久しぶりだった。

「いやはや、驚きました。私も長年、鑑定士を務めていますが……ここまで多彩なスキルを所持している方は見たことがありません。しかも、どの系統のスキルもハイレベルまで磨き上げている」

鑑定士さんは私の魔術、武術の修得状況について驚いたように言及してくれる。

つい最近まで、私はそれが誇りだった。

聖女とは光属性の魔術と治癒術《ヒール》さえ使えればいいという風潮があったが、それだけでは足りないと頑張っていたから……。

それに私だけSランクスキルに覚醒していない負い目もあった。

この数多くのスキルは、私がゼノンさんたちに近づくために磨き上げた努力の結晶なのである。

非凡な人間だけが開花できるというSランクスキル。

劣等聖女だと揶揄《やゆ》されるような私はどんなに頑張っても、その領域に足を踏み入れることはできなかった……。

「失礼しま～す！　ソアラ様～～！　お世話になります～！　ルミアと申します～！　今日からソアラ様のマネージャーを務めさせていただきますね～！」

バンと勢いよくドアが開くと、ツインテールで銀髪の元気な少女が入ってきた。

よく見ると猫耳としっぽが生えている。

(この子、獣人族《アニムス》みたいですね。初めて見ました)

獣人族《アニムス》という、ファンシーな動物と人間の中間みたいな見た目の一族たちがこの世界にはいるのは聞いていた。非常に少数で珍しい一族だということも……。

スキルとか勇者とか、ファンタジーゲームみたいな世界だから驚きはしなかったが、初めて目にするとなかなか衝撃的だ。

(見た目的には年齢は十三歳前後の感じがします。この方が私のマネージャー……？　すっごく可愛らしい方ですね)

私はその可愛らしい見た目の虜《とりこ》になっていた。動きやすそうなスカート丈《たけ》の短いメイド服のような衣装も、より彼女の魅力を引き立てている。

ニコニコと笑いながら私の手を握るルミアさんは愛くるしくて抱きしめたくなってしまった。

前世は猫好きでしたし……。猫グッズいっぱい持っていましたし……。

でも、それよりも気になることがあった。

「あの、マネージャーとはなんですか？」

「あはは、そうですよね～。なかなかピンとこないのは当然ですよ～。世界中でも多忙すぎるフリーターは稀《まれ》ですから～。簡単に申しますと～、いま現在……ソアラ様には依頼が殺到しております～。既《すで》に一カ月先の予定まで埋まっているんですね！」

「い、一カ月ですか!?」

「は～い！　一カ月です～！」

思わずはしたない声が出た。

私は確かに受付の方になるべく多くの仕事を入れてほしいと頼んだし、どんな仕事をするのかの取捨選択も委託した。

とはいえ、ちょっと鑑定をしてもらっている間に一カ月先の予定まで埋まっているなんて信じられない。

「ですから～、多忙であるソアラ様のスケジュール管理や体調管理や遠出する際には宿の手配

など、身の回りのお世話をさせてもらうのが、ギルドマスターから仰《おお》せつかったマネージャーとしての私のお仕事というわけです～」

「そ、そんなことまでわざわざ……」

うーん、なるほど……。

ルミアさんが管理しなくては追いつかないほど忙しくなるということは理解した。

勇者ゼノンのパーティーを追放されたことは悲しかったが、その経験は無駄ではなかったらしいことにも少しだけ元気が湧いてくる。

「それでは、ソアラ様～。初仕事は三日後、治癒術士さんが、法事などでしばらくパーティーを抜けるのでその穴を埋めてほしいとの依頼です～」

「わかりました。お任せください」

ルミアさんが分厚いメモ帳を取り出してスケジュールを読み上げてくれたので、私はそれに返事をする。

(すごいですね。本当にスケジュールがパンパンみたいです)

その後、ルミアさんに案内された宿で、私は入浴などを済ませてベッドに横になった。

こんなに寝心地のいいベッドは今世では初めてかも。この宿ってもしかしてかなりお高いのでは……。

◆

「それではソアラ様！　初仕事となりますが、はりきっていきましょう～！」

フリーター登録をして、三日後の朝。宿屋まで迎えにきてくれたルミアさんが元気な笑顔を見せてくれた。

しっぽをフリフリしていて可愛らしい。

「よろしくお願いします」

「お任せください！　ソアラ様のお世話を頑張っちゃいます～！」

そして彼女に案内されて、私は冒険者ギルド付近の喫茶店で、初仕事でサポートするパーティーの方と顔合わせをした。

（人見知りなので、こういうときどうしても緊張してしまいますね――）

「ほ、本当に来た……！　聖女ソアラさん、は、初めまして……！　僕はアーウィン。以前にルルテミア平原でお見かけしたときから憧《あこが》れていまして、ともにお仕事ができて光栄です……」

「こちらこそ、初めまして。微力ながら全力を尽くして頑張らさせていただきます」

お互いに緊張しながら挨拶《あいさつ》を交わした私たち。

剣士が二人、魔法士が一人で治癒術士が欠けているパーティーということなので、私はヒーラーに徹すればよいということか。それなら話が早い。

「ルミアです～！　ソアラ様のマネージャーをしておりますので、なにかございましたら私にお話しくださ～い！」

「あれ？　ルミアさんも一緒にこられるんですか？　危険ですよ？」

「もちろんですよ～！　このルミア、ソアラ様のマネージャーとして、たとえ火の中水の中です～！」

ニコニコと笑みを浮かべて言ったルミアさんは、早速地図を取り出してにらめっこを始める。驚いた。マネージャーといっても、まさか冒険にまで付き合うとは。

これって、かなりの激務なのでは……？

「それでは、ソアラさん。よろしくお願いします」

アーウィンさんという方に頭を下げられた私は、フリーの冒険者として最初の助っ人《サポーター》業務に出発した。

今回のお仕事は北部にある洞窟の奥に湧く〝アルテミスの涙〟という高級なポーションの原料となる水を汲んでくるというもの。

洞窟にはかなり強力な魔物も棲息《せいそく》しているらしいので、警戒が必要とのことだ。

(それにしても、アーウィンさんたちは強そうですね……。私などの助けが本当に必要なのでしょうか)

目的の洞窟までは深い森の中を通らなくてはならないのだが、道中は順調だった。

この辺りにはあまり強い魔物はいないらしく、たまに現れるゴブリンなどの低級の魔物くらいしか襲ってくるものはいなかったのだ。

それも、前衛の二人が難なく倒してしまうので、私の出番はないに等しい。それに――。

「ルミアさん、魔物がいますので私の後ろに下がっていてください」

「いえいえ、あの程度の魔物。ソアラ様の出る幕ではありませ～ん。そりゃあ～！」

「グキャアッ！」

襲いくるゴブリンを殴りつけて、見えなくなるくらいまで吹き飛ばすルミアさん。

（えぇーっと、ルミアさん。かなり強くないですか？）

犬歯を見せながらこちらを振り返る彼女に、私は呆然とする。

そういえば獣人族《アニムス》の特性は人間の限界値を超える身体能力……。魔力を持つ者はいないらしいのだが、そのぶんパワーが強いのだ。

そんなことを考えながら歩いているとアーウィンさんがこちらを向く。

「ソアラさんがいるだけで、こんなにスムーズに冒険ができるなんて。やはり聖女様はすごいんですね！」

「え、えっと、私はまだほとんどお役に立てていませんよ？」

「またまたご謙遜《けんそん》を。襲いくる魔物たちすべてに弱体化の魔法をかけてくれていたではありませんか。さすがは千の魔術の使い手だと恐れられていた聖女様です」

アーウィンさんたちが強いので、ここまで治癒術《ヒール》を使う必要がほとんどなかった。

このままでは給料泥棒になりそうだった私は、敵にデバフをかけ続けるという作業をしていたのである。

こういうのはゼノンさんたちには余計なお世話だと言われていたが、やはり道中で余計な消耗するのは好ましくない。

（差し出がましいとは思ったのですが、喜んでもらえてよかったです）

こうして私たちはそのまま目的の洞窟に辿り着いた。

「さて、いよいよ洞窟ですね。準備はいいですか？　ソアラさん」

「はい、大丈夫です」

私たちは、早速洞窟の中に入っていく。

内部は真っ暗だったが、ルミアさんが持っている魔法のランタンのおかげで視界は確保されている。

「気をつけてくださいね～！　ここの魔物はそれなりに強力ですから～！」

「はい、わかりました。慎重に進みましょう」

ルミアさんの言葉を聞いて、アーウィンさんたちも周囲を警戒しながら進み始めた。

彼女はマネージャーとしてこの辺りの魔物についても調べてくれているし、魔法のランタンを始めとして必要なアイテムも持ってきてくれているし、素晴らしい仕事をしてくれている。

（頼りになる方ですね。おかげで助かりました）

それからしばらく進んだところで、私はふと違和感を覚えた。

（なんだか、妙な気配を感じます。これは――）

「――っ!?　みんな！　敵がくる！　構えろ！」

私がその正体を探ろうとした瞬間、アーウィンさんが声をあげた。

直後、洞窟の壁をすり抜けて現れた巨大な影が私たちに襲いかかってくる。

「解析魔法《アナリスク》……！」

影の正体を探るべく私は魔法を使った。すると、目の前にいる存在がはっきりと見えるようになる。

「あれは、オーガ……！」

そこにいたのは、鬼のような姿の魔物。

筋骨隆々《りゅうりゅう》の巨体を誇るオーガが三匹もいた。

影で実体を隠して人を襲うという臆病な一面を持つこの魔物。普通に戦ってもかなり強い。

強力な魔物がいるとは聞いていたが、これはなかなかの大物である。

（んっ？　この大きな足音はなんでしょう？）

影の正体を見極めるのと同時に、今度は正面からさらに大きなものの気配を感じる私。

「ぐおぉおおっ！　美味《うま》そうな獲物じゃねえかぁ！　お前ら、食っちまえぇ!!」

「「「うおおおっ！　肉ぅ！　久々の肉ぅ！　腹いっぱいに喰らうぞおおお！」」」

（これはまた、恐ろしい魔物が現れましたね）

ギガントロール――オーガよりも遥《はる》かに危険なオーラを放っている怪物だ。それも四体……。

「ひぃ……！　あ、あ、あんな化け物と戦うなんて聞いていませんよ!?」

怯《おび》えた様子で後ずさるアーウィンさん。

無理もない。あのオーガより強いと思われるギガントロールは、明らかにこの洞窟には本来いないとされる危険度の高い魔物だ。

（これはヒーラーに徹するのは厳しいかもしれません）

アーウィンさんたちは強い。実際、道中で魔物と戦っている姿を見て私はそう思っていた。

しかしながら、その実力を以《もっ》てしてもこの化け物には敵《かな》わないだろう。

ギガントロールは魔王の幹部のアジトを守っているような魔物。その強さは熟練の冒険者でも逃げるのが正解と言われるほどだ。

（最初の仕事からイレギュラー。ですが、せっかく手に入るかもしれない新しい居場所を諦《あきら》めるわけにはいきません）

私は追放されたとはいえ、元勇者のパーティーの聖女。

そうあろうとして努力も続けてきた。

（今、私がすべきこと。それはこの魔物たちを一掃して……最初の仕事を完遂《かんすい》することです……！）

「収納魔法《アイテムボックス》！」

私は初めてこの魔法を使う。ゼノンさんには私物を持つことをほとんど許されていなかったから、この魔法も不要だったのだ。

だけど、今はフリーター。私は自分の使える武器はここに収納しておいて、いつでも取り出せるように準備していた。

「ソアラさんが剣を……！」

「アーウィンさん。ギガントロールたちの相手とあなた方への援護は私が引き受けました。皆さんはオーガたちをお願いします」

ヒュンと剣を振って、私は巨大な魔物と対峙《たいじ》する。

「お嬢ちゃん、オレたちに勝てると思ってるのか？　女ごときが剣を持ってもオレに傷をつけられるかよ！」

「…………」

「へえ、無視とはなかなか度胸のあるお嬢ちゃんだ。気に入ったぜ。オレが……喰らってやる！」

「オデも女は好き。だから、オデの女にしてあげる……」

「グヘヘッ！　女の肉は柔らかいからなぁ！　たっぷり味わわせてもらうぜぇ！」

私を見て、ギガントロールたちは下卑《げび》た笑みを浮かべる。

そして、次の瞬間、一斉に襲いかかってきた。

「――はあっ！」

私はまず、一番近い個体に向かって斬りかかった。

「グギャアアッ！」

急所である首筋の動脈に私の一閃《いっせん》を受けたギガントロールが倒れる。

これには他の個体たちも驚いたみたいだ。

「なにぃ!?」

「速い……！」

「オデの速さについてくるなんて……！」

ギガントロールたちがそれぞれ驚きの声をあげる。

「次は……あなたです！」

「うおっ!?」

今度は別の一体を斬った。

もちろん、迅速《じんそく》に急所を狙って……。

「おい、テメェ！　ぼさっと突っ立ってんじゃねえ！　二人でいくぞ！」

「お、おうっ！」

仲間がやられて動揺している二体のギガントロールたちは、今度は同時に攻撃を仕掛けるようだ。

あの巨体で俊敏さもあり、連携もできるとは……。油断しているところを一気に仕留めたかったが、やはり強い。

「くそっ！　オーガめ！」

「グオオオッ！」

アーウィンさんもオーガに苦戦しているみたいだし、これは敵に勢いを与えてはならない場面だ。

「仲間たちの援護もする約束ですから、もっとギアを上げますよ」

「「――っ!?」」

「治癒術《ヒール》！　岩砕破風斬《がんさいはふうざん》！　極大火炎弾《メテオノヴァ》ッ!!」

「ま、魔法陣を二つ同時に展開した上で、強力な剣技まで……！　な、なんて人だ……！　剣術も魔法もすべて一級品だなんて！」

アーウィンさんがオーガの攻撃を受けてダメージを負っていたので、私は剣術と魔法を同時に使用する。

聖女として、よりパーティーを上手《うま》く援護できるように私は一度になるべく多くの動作をするように心がけていた。

（前世で複数の動作を同時に行うことには慣れていたので、その応用が上手くいったのは助かりましたね）

それによって魔法は簡単なものなら同時に七つまで、複雑な術式でも同時に二つくらいなら発動可能になったのだ。

私はこの技術を多重スキル同時使用《アンサンブル》と名付けている。

「ば、バガなぁ」

「ごふっ……！」

「さあ、あとは任せましたよ」

ギガントロールたちを屠《ほふ》った私はアーウィンさんたちに声をかける。

「あ、ああ……！　さすがはソアラさんです！　今度は俺たちの番だ！」

「「グオオオッ!!」」

アーウィンさんたち三人がオーガに立ち向かっていく。

そして上手く連携をして敵を圧倒していた。

（どうやら上手くいきそうですね）

私はほっと安堵《あんど》の息をつく。

それからは問題なく、私たちは残ったオーガたちも殲滅《せんめつ》していく。

アーウィンさんの剣の腕前はかなりの実力で、オーガの硬い皮膚も切り裂いて倒せていた。

他の二人もそれぞれの得意分野を生かして戦っていたため、危なげのない戦いだったと思う。

私は回復役としても動けたし、無事に最初の依頼を終えることができそうだ。

「ありがとうございます。ソアラさんのおかげで無事に〝アルテミスの涙〟の原料を手に入れることができました」

アーウィンさんたちにお礼を言われる。

「いいえ、皆さんの協力があったからこそですよ。私も皆さんのお役に立てて嬉しいです」

「ソアラさんは謙虚なんですね」

「そんなことはありません……」

私は首を横に振る。

謙虚というより、まだ自信がないのだ。

パーティーを追放されたショックから立ち直れていないから……。

でも、彼らの役に立ててよかったと心の底から思っている。

「よかったら、また次も一緒にお仕事がしたいです。マネージャーさん、次にソアラさんと一緒に仕事をするとしたらいつ頃になりますか？」

「ええーっと、三カ月後ですね～」

（すっごく増えてませんか……？）

思わずツッコミを入れそうになった。

私の記憶では、三日前は一カ月だったはずだけど……。

「やはりソアラさんと冒険したがるパーティーは多いんですね。それでは三カ月後で、お願いします」

（それでも予約してくださるんですね……）

こうして私は三カ月後に再び、彼らの助っ人《サポーター》を引き受けることになった。

◆

「今日は初仕事お疲れ様です〜。こちらが今晩の宿泊施設ですよ〜」

すっかり日が落ちた頃、ルミアさんに案内されて洞窟付近の街にある宿屋に向かう。

「こちらこそ、お疲れ様です。宿の手配まで、ルミアさんにはなにからなにまで頼りっぱなしでとても助かりました」

「いえ、これが私の仕事ですから〜。それにしても、ソアラ様はやっぱりすごいですね〜。聖女様なのに、剣術もあんなにお強いなんて。さっきの戦いぶりを見て、びっくりしました〜」

「いえいえ、私の剣技など以前の仲間と比べたら全然ですよ」

勇者ゼノンのパーティーでSランクスキルを持つ剣士アーノルドさん。

彼のように私は岩山を砂礫《されき》に変えるような芸当はできない。

「私からするとソアラさんは剣の達人にしか見えませんが、そうなんですね～。……それじゃあ、部屋に行きましょうか～」

「はい」

私はルミアさんについていく。

そして、最上階にある、なにやら豪華そうな扉の前に辿り着いた。

「わあ、きれいなところですね」

「ここは街の高級ホテルですからね～。最上級の部屋を用意してもらいましたよ～。シャワーという最新の魔道具がついているバスルームも完備です！」

「そ、それは申し訳ないですね……」

（そこまでしてもらうなんて、本当にいいんでしょうか……？　依頼で貰《もら》ったお金とか足りますかね……？）

「いいんですよ～。このくらいしないと、私がマネージャー失格になってしまいますので～。ギルドマスターからも絶対にソアラ様に不自由をさせるなと仰せつかっておりますから～」

「そ、そういうことなら、ありがたく使わせていただきますね」

私は恐縮しながらも、部屋の中に入る。

（こっちの世界に来て、こんな豪華な部屋に泊まるのは初めてかもしれません）

私は少しドキドキしながら、室内を見回す。

「ベッドも大きくてふかふかだし、すごく快適そうです」

「ふふふ、この宿で一番広い部屋なんですよ～。汗もかいていると思いますので、お風呂なんか入られたらどうですか～？」

「いいですね。シャワーもついているなんて、素晴らしいです」

この世界には、前の世界にあったような機械式のお湯が出る装置は存在しない。

しかしながら魔道具という魔法の力を持つ道具によって、似たようなものが開発されていたりするので、冒険をしていて驚かされることが度々《たびたび》あった。

前世の知識があるからこその驚きである。

シャワーもそのひとつ。もしかしたら、私のように転生した人間が魔道具開発をして発明したのかもしれない。

「温かい。前世ではこんな贅沢が当たり前の生活だったんですよね」

シャワーを浴びながら、私は疲れを癒《い》やす。

降り注ぐお湯を浴びるということが、こんなに気持ちいいなんて……前世の世界の私《ソアラ》は思ってもみなかったことだろう。

「お背中をお流ししましょうか～？」

「ひゃあっ!?」

突然、背後から声をかけられ、私は飛び上がるほど驚いてしまった。

振り返ると、そこには一糸纏《いっしまと》わぬ姿のルミアさんがいる。

ええーっと、これはその……。私は混乱してしまい顔が熱くなる。

「ど、どうしてここにいるんですか……？」

「私はソアラ様のマネージャーですから～。たとえ火の中水の中、どこまでもお供します～」

「そういうものなのですか？」

「はい、そういうものです～」

まぁいいか。ルミアさんも女の子だし、別に変な気持ちがあって入ってきたわけではないのですから。

それにしても彼女の濡れた銀髪、すごくきれいだ……。まるで雪の結晶みたい。

「えっと、それじゃあお願いします……」

「任せてください～。さあさあ、まずはお身体を洗いますよ～」

「あの……自分で洗えるので大丈夫ですよ？」

「ダメです！　ソアラ様はお疲れですから、しっかりとケアしてあげないと～」

「わ、わかりました……」

（お世話になっている身ですし、断るわけにもいきませんよね……）

私は観念して、ルミアさんに身を預けることにした。

「えへへ～。ソアラ様って肌がスベスベしてて、触り心地抜群ですね～」

「そ、そんなことは……ないと思うんですけど」

（くすぐったい……。でも、なんだかマッサージされているようで気持ちよくて……。ああ、眠ってしまいそうです……）

私はうとうとと意識が遠のきそうになる。

「それじゃあ、次は頭を洗いますね～」

「はい、お願いします……」

「ふふっ、目を閉じていてくださ～い」

ルミアさんに言われて、目を閉じる。

「それではシャンプーを使って、髪を泡立てていきますね～」

ルミアさんの手つきはとても優しくて、丁寧《ていねい》に私の頭皮を撫でるように洗ってくれる。

こっちの世界のシャンプーはなんというか香料が独特でミステリアスな香りがするが、慣れると不快なものではない。

しかも数日洗わなくてもいい匂いがするし、頭や髪を汚れから守ってくれる効果もある。

「んっ……あっ……」

「どうかされましたか～？　どこか痒《かゆ》いところでもありましたか～？」

「い、いえ、な、なんでもありません。続けてください」

いけない、いけない。あまりに快適で、ちょっとだけ、はしたない声が出てしまった。

私は恥ずかしくて頬が熱くなるが、ルミアさんは特に気にしている様子はない。

（こういうことには慣れているんでしょうかね……）

少し複雑な気分になりながらも、ルミアさんの優しい手つきを感じながらされるがままになっていた。

「これでよし～と」

「ありがとうございました」

私はルミアさんに感謝の言葉を伝える。

彼女の指の力加減は絶妙で、本当に気持ちがよかった。

「いえいえ～。それじゃあ、今度は私も一緒に入りますね～。お隣失礼しま～す」

「はい、どうぞ……」

そして私たち二人は並んで、湯船に浸《つ》かる。

ああ、これはちょうどいい湯加減だ。極楽、極楽……。

「ふぅ……」

私は小さく息を吐いて、肩まで湯の中に沈める。

すると、全身の筋肉が解《ほぐ》れていくような気がした。

「こうしてお風呂に入ると心が落ち着くといいますか、ほっとする感じがありますね」

「ふふ、ソアラ様のお身体を見て思ったのですが、やっぱり旅をされて鍛えられているだけあって、引き締まったいい身体をしていますね～。女性らしい柔らかさとしなやかな強さを兼ね備えたような理想的なスタイルです～」

「そ、そうですか？」

（まぁ確かに、前世の自分と比べるとこの身体は恵まれているのかもしれません。前世は痩《や》せ型で、胸もなかったですし……）

自分の胸に視線を落とす。

この世界では前世よりも、発育がいいからなのか……日増しに大きくなってきたような気もしないでもない。

トレーニングして身体を鍛えているのだが、なぜそっちの成長が著《いちじる》しいのか謎である。

「ソアラ様はおきれいで羨《うらや》ましいです～。私なんてこんな体型ですからね～」

そう言って、ルミアさんもまた胸部を気にするかのように視線を落とした。

その仕草は少し扇情的《せんじょうてき》で、私は思わずドキッとしてしまう。

「そんなことないですよ。ルミアさんも十分魅力的です」

「えへへ、ソアラ様に言われると嬉しいですね～」

「それならよかったです……」

そんな話をしながら、私たちはしばらくゆったりとお湯を堪能《たんのう》していた。

「あー、気持ちよかったです～。お湯加減もちょうどよくて最高ですね～」

「はい、本当に。ありがとうございます」

（なんか、今日は人に甘えてばかりだなぁ……。でも、不思議と嫌な気持ちはしないんですけど……）

それから、身体をタオルで拭《ふ》いて私たちは二人でお風呂場を出た。

なんだか生き返った気分。前世の記憶を取り戻したときよりも……。

「お疲れ様でした～」

「お待たせしました。それじゃあ、寝ましょうか」

私は寝間着に着替えて寝室に行き、ベッドの中に入る。

すると、ルミアさんが私の横に潜り込んできた。

「えへへ、万が一にも危険がないように添い寝させていただきます～。もちろん変なことはしませんよ～」

「わかっています。信頼してますから」

（それにしても、同じ布団の中で誰かと一緒に眠るのっていつ以来だろう……。すごくドキドキします……）

私が緊張しながら横になっていると、ルミアさんが話しかけてきた。

「ソアラ様、ひとつ聞いてもいいですか？」

「なんでしょうか？」

「どうしてソアラ様はフリーターになろうと思ったんですか～？　普通にパーティーに所属したほうがお得だとギルドマスターも仰《おつしや》っていましたが～」

ルミアさんは、ギルド最強のパーティーに加入しないかというギルドマスターの提案を断った件について尋《たず》ねてきた。

そうなのだ。実は彼女がマネージャーになったすぐあとに、私はギルドマスターに呼ばれている。

そしてそのパーティーへの加入を切望された。

でも、私はそれを断ったのだ。どうしても特定のパーティーで仕事をする気にはなれなかったのである。

おそらくルミアさんはそのときに、ギルドマスターの提示した契約金が、フリーターのそれよりも倍以上の金額だったので不思議に思ったのだろう。

「気乗りがしなかったのは事実です。前のパーティーを辞《や》めさせられたのがトラウマになってしまいまして」

「なるほど～。それで、ソロでの活動を希望されているわけなんですね～」

「そういうことです」

「わかりました～。では、今後は私から勧誘しないようにと強く言っておきますね～」

「はい、よろしくお願いします」

本当にルミアさんは素直でいい子だ。

彼女が側《そば》にいてくれて、私の心はかなり軽くなっている。

「それではそろそろ眠りにつきましょうか～」

「ええ、おやすみなさい……」

「おやすみなさ～い」

ルミアさんの声を聞いているうちに、私の意識は次第に薄れていった。

これが、私が初めてフリーターとしてお仕事をした最初の日の出来事。

◆

「ずっと攻略できなかったダンジョンが攻略できました！」

「宝の地図だけは手に入ってたんだけどよぉ。ソアラさんのおかげでなんとかそこまで到達できたぜ」

「頼む！　フリーターなんて言わずにうちのパーティーに来てくれ！　金ならいくらでも払うから……！」

フリーターになってから三カ月、ルミアさんのサポートもあって私は色んなパーティーの助っ人《サポーター》として頑張っている。

どのパーティーの方も優しくて、最後にはお礼を言ってもらったりして、やり甲斐を感じられるようになった。

このまま、フリーの冒険者として生きるのも悪くないかもしれない。

そんなある日のこと、ギルド内にある共用スペースで休憩をしていた私は、ルミアさんと今後についてのお話をしていた。

「ソアラ様～、勧誘が止まりません～。断るように言われていましたが本当に大丈夫でしょうか～？　賢者トルストイ様、剣聖ガイア様、大神官ミレーユ様など、名だたるパーティーリーダーの方々がスカウトを申し出ていらしております～」

ルミアさんは、私が彼女にお願いしてパーティーへの勧誘を全部断っていることについて言及する。

（この様子だと、思った以上に勧誘の話が来ているみたいですね）

「断ってもらって大丈夫ですよ。前にもお話ししたとおり、私は――」

「勇者ゼノン様のパーティーを辞めさせられたのがトラウマということですよね～。……ああ、そういえば勇者ゼノン様のパーティーといえば、近頃調子は最悪みたいですよ～。ほら、見てください～」

ルミアさんが私に見せてくれたのは、王国最大手の情報屋ギルドが発行している新聞記事だ。

見出しにはこう書かれている。

『勇者危うし！　連戦連敗で称号剝奪《はくだつ》か!?』

どうやら、何度もパーティーが壊滅寸前まで追い込まれたみたいである。にわかに信じられない話だ。

彼は氷の魔城を攻略すると意気込んでいたが、そんなに強敵とばかり遭遇するところなのだろうか……。

（氷の魔城、随分《ずいぶん》と恐ろしいところみたいですね）

勇者であるゼノンさんのパーティーの苦戦が報じられた記事を読んでいると、ルミアさんが今度は書類を渡してきた。

「こっちもご覧になってくださ〜い。すごいです〜。こんなこと、このギルド始まって以来なんじゃないでしょうか〜？　フリーターの仕事量がギルド所属のパーティーを含めても第一位になるなんて」

本当だ。私ったら三カ月でこんなに色んな仕事をしたんだ。

（でもルミアさんのほうがすごいような気がします）

私からすると、あれだけの仕事を全部管理して尚且《なおか》つこちらの身の回りの世話までこなすルミアさんのほうが超人だと思った。

体力には自信があると言っていたが、いつも笑顔で疲れを見せないのは驚嘆《きょうたん》に値《あたい》する。

「二十日《はつか》はお休みをいただいていましたけど。それがなければ、もっと仕事ができましたよ」

「とんでもないです～！　本来はもっと休みを増やすべきでした～。たったの二十日しかお休みが取れなかったのは私のスケジュール管理が甘かったせいです～。申し訳ありませ～ん」

もっと働けたと口にすると、ルミアさんが逆に頭を下げる。

ゼノンさんのパーティーにいたときは休日という概念すらほとんどなかったから、十分すぎるのだが……。

「しかし、ソアラ様のおかげでこのギルドもかなり有名になりました～。まさか、一年先の予約まで埋まってしまうとは～。よほど、どのパーティーもソアラ様とお仕事がしたいんですね～～」

「ひゃい!?　い、一年先の予約ですか……!?」

また、私は年甲斐もなくはしたない声を……。

でも、一年先まで仕事が決まってしまうなんて思いもよりませんでした。

一年待ってもいいという方が、まさかいらっしゃるなんて。

「えへへ、やっぱりびっくりしますよね～。安心してくださ～い。予約の受け付けは昨日から一年間止めることにしましたから～」

「ええっ！　予約、止めても大丈夫なんですか？」

「あ、はい～。もしかしたら、フリーターを辞めて別のことをされたいとお思いになるかもしれないと気を回したつもりだったのですが～……」

ルミアさんは当たり前のような顔をして、私がフリーター以外のことをしたくなるという可能性について言及する。

私の将来の身の振り方を考えるように促《うなが》してくれたのだ。

「ですが、さっきも申しましたとおり私は誰かのパーティーに所属するなんて――」

「なにを仰っているんですか～？　ソアラ様がパーティーを作るのですよ～。リーダーとなって」

「えっ……？　ふふ、それはないですよ。ルミアさん、私はリーダーになんてなれる器ではありません」

ルミアさんは面白いことを言う。

私がパーティーリーダーとなって、新たなパーティーを結成するなんて絵空事だ。

確かにそれなら、追放される恐れはないが、私の力では皆を率いることは無理だ。

残念だが、私にはそんな資質は皆無である。

「でも～、ソアラさんって一緒にお仕事をされてから、フリーターのあのお二人とは仲がいいですよね～。てっきり、一緒に独立されるのかと思っていました～」

あの二人……ああ、エレインさんとローラさんのことか。

確かに仲良くはさせてもらっているが、パーティーを組もうなどという話は――。

「ソアラ姐《ねえ》さん！　聞きましたよ！　ついにパーティーを起ち上げて、あたしたちのリーダーとして世界を回る気になってくれたんですね！」

「あなたの魅せる美技の数々、この私が描いてきたどんな剣技よりも美しい。ソアラ……あなたこそ、この私の剣が仕《つか》えるに相応《ふさわ》しい人だ」

「エレインさん、それにローラさんも」

噂をすればさっそくお二人が現れた。

話しかけてきたのはハーフエルフの魔術師エレインさん、そしてダルメシアン一刀流師範《しはん》の娘という剣士ローラさん。

二人ともどんな一流のパーティーでも通用する力の持ち主にもかかわらず、パーティーに所属していないフリーターである。

（人のことを言えませんが、お二人がフリーターなのは不思議ですよね）

聞くところによると気に入ったパーティーがなかったとか、自分の能力に見合ったパーティーがなかったとか、そういう話をしていたのでパーティーを組むこと自体は嫌ではないらしい。

ちなみに彼女らとは別々の仕事で知り合って以来、友人となり時々食事をしたり訓練をしたりしていた。

「あの、私がパーティーを結成するという話はどこから出てきたのですか？」

「えっ？　ソアラ姐さん、昨日から新規の仕事の受け付けを停止されましたよね？　それって、パーティーを作って独立するという前振りじゃないんですか？　多分、近隣諸国の王室も姐さ

んのパーティーを召し抱えようって動きだしていますよ」

ハーフエルフのエレインさんは、その長い亜麻色の髪をなびかせながら私の隣に座り、そう説明してくれる。

それにしても少し顔が近いような……。

「私もそう思っていた。きっと、ソアラはパーティーを結成して、勇者のパーティーと同じくどこかの国に仕えることになるのではないかと」

剣士のローラさんも私の隣に座る。

黒髪を後ろに縛って、凜《りん》とした表情の彼女も今日はいつも以上に顔が近い。

二人ともいったいどうしたのだろうか……。

「独立は考えていませんよ。私にはリーダーの資質などありません。とても、誰かを束ねられるような人間じゃないんです」

私は慌てて否定をする。まさか、仕事の受け付けを一時的に停止しただけでこうなるとは思わなかった。私の言葉を耳にした二人は驚いた様子を見せる。

「ええっ!? じゃあ、パーティーは作らないんですか？」

「ええ、そのつもりです」

「ソアラ、それは駄目だ。この浅ましいハーフエルフは置いておいても構わんが、あなたにはその美しい技を世界に知らしめる義務がある」

エレインさんの言葉を肯定すると、ローラさんはガシッと両肩を掴む。

（あれ？　なんだか風向きが怪《あや》しくなってきた気がします）

「ちょっと待て、ナルシスト剣士。聞き捨てならねぇな。あたしはソアラ姐さんと世界を獲《と》るって決めているんだ。お前のチンケな剣技こそ、あたしたちのパーティーにはいらねぇんだよ」

「……………ほう、ならばどちらが強いのか試してみるか」

「上等だ。今度こそぶっ飛ばしてやるぜ！」

「ちょ、ちょっと落ち着いてください。どうして喧嘩腰になるのですか!?」

私は席から立ち上がり、二人の間に割って入る。

この二人がパーティーに所属していない理由が他にもあった。唯我独尊《ゆいがどくそん》すぎて、周りの人と合わせられないのだ。

フリーターとして他のパーティーで一緒に仕事しているときもソロプレイに走って勝手気ままに動くことが度々《たびたび》あった。

（本人たちが強いから迷惑をかけるということはほとんどありませんでしたが、誰かの下につくタイプには見えませんね）

「とにかく、私には、リーダーとなってパーティーを作る気はありません」

私はきっぱりと二人の誘いを断る。

いくら、仲のいい友人とはいえ、私がパーティーを組むなんてありえない。

「ですがソアラ姐さんがリーダーだったら、あたし……魔王だって倒せると思っているんです！　お願いです！　世界のために姐さんがリーダーのパーティーを作ってください！」

エレインさんは目を輝かせながら私を見つめてくる。

「私からも頼む。あなたなら、誰よりも高いところからの景色を見せてくれるはずなんだ」

ローラさんも真剣な眼差《まなざ》しで私を見る。

「う～ん、困りましたね……」

二人に頼まれては断りにくい。だが、仮にも数カ月フリーターを続けてきてわかったことがある。

やはり、パーティーのリーダーを務めるのは難しい。

「すみません、やっぱり私は――」

「お試しでパーティーを組んでみるのはどうですか～？　ソアラさんさえよろしければ明日のソロのお仕事を臨時パーティーのお仕事に変更できますが～」

「えっ？　お仕事をパーティー用に変えられるんですか？」

ルミアさんの言葉に私は驚く。

確か明日の仕事はスモールドラゴンの討伐で、パーティーでも個人でも参加できる国からの依頼だったはず。

私は国から頼まれるという形でソロでの参加となっている。

「もちろんですよ～。ソアラ様のお仲間さんという形でしたら、即オッケーいただけるはずです～」

「ソアラ姐さん！　それいいじゃないですか！　一回、あたしと組めばきっとわかりますよ！　姐さんにはリーダーとしての資質があるって！」

エレインさんは興奮気味に私に詰め寄る。

「え、エレインさん、あまり揺らさないでくださいな。それと、私はまだパーティーを作るとは言っていませんからね」

「いや、これはもう決まりだな。ソアラ、私と一緒にパーティーを結成しよう。あなたの剣となり、あなたの美技を世界中に広めてみせる」

ローラさんも熱く語りかけてくる。

「あの、ローラさん？　ですから私はまだ作ると決めたわけでは……」

あれ？　既成事実が積み上げられていくような気がする。

二人とも目が怖いし、とても断れるような雰囲気ではなくなってきた。

(仕方ありませんね。とりあえず、お試しということでやってみましょう)

「ふぅ、わかりました。お二人がそこまで言うのであれば、お試しでパーティーを作ってみようと思います」

「やったー！　姐さん、このエレインが右腕として使えるところを見せてみせます！」

「さすがソアラ。私もあなたとともに戦う日がくることを楽しみにしているぞ」

エレインさんは喜び、ローラさんは満足げな笑みを浮かべる。

(まぁ、お二人なら私も安心して背中を任せられそうですね。それにしても……)

私はチラッとルミアさんの方を向く。彼女はニコニコとした表情でこちらを見ていた。

「どうしましたか～、ソアラさん？」

「いえ、なんでもないんです。ただ、こんな簡単にパーティーができてしまうものなのかと思って」

「もちろんです～。すべてこのルミアにお任せください～。明日の仕事には間に合わせたてみせます～。ただ、明日はその手続きの関係で、いつものようにソアラ様にお供できないかもしれません～」

「大丈夫です。今回はお二人もいますから」

「はい、頑張ってくださいね～」

こうして、私の新たな冒険が始まった。

(まさか、またパーティーでお仕事をすることになるなんて思いませんでした)

私は心の中で呟《つぶや》きながら目の前にいる二人の女性を見る。

——剣士のローラさんと魔術師のエレインさん。

二人は私の友達であり、明日はお試しパーティーの仲間である。なんだか不思議な気分……。

（それにしても、お二人とも美人なので目立ちそうな気がしますね）

「ところでエレイン。貴様、図々しくもソアラの右腕とか冗談を言っていなかったか？　彼女の隣に並び立つのはこの私だ」

「ああ？　お前こそ、調子に乗ってんじゃねぇよ。あたしの方がソアラ姐さんの役に立つに決まっているだろ！」

「……ほう、面白い。ならば、どちらがより優れた存在か確かめてみるか」

「上等だぜ。あたしの炎魔法でお前を燃やしてやる！」

「勝負!!」

（どうしてこうなるのでしょうか？）

少し物思いに耽《ふけ》っている間にエレインさんとローラさんは睨《にら》み合い、バチバチと火花を散らしていた。

私は、突如始まった二人の喧嘩を眺めつつため息をつく。

「お止《や》めください！」

「「――っ!?」」

私は右手で剣を抜いてローラさんの剣を受け止めて、左手でエレインさんの炎魔法を氷魔法で相殺《そうさい》する。

すると、二人の女性は驚いたように目を丸くした。

「お二人とも喧嘩をされるのでしたら、今回の話はなかったことにしますよ？」

「わ、悪かった。少し言い争いになっただけだ。大人げなかったと反省する」

「姐さん、つい熱くなってしまいました。大丈夫です。もうこいつと喧嘩はしませんから」

私が冷たい口調で言うと、二人はすぐに謝ってきた。

うーん。明日の仕事……大丈夫だろうか。

実力的には問題なくとも少しだけ不安になってきた。

「わかっていただければ結構です。それと、明日はよろしくお願いいたしますね」

「任せておけ。必ずやあなたの仲間として相応しい働きを見せよう」

「ソアラ姐さんのためなら、どんな敵でも燃やし尽くしてやります！」

ローラさんは力強く答え、エレインさんは自信満々に答える。

本当に大丈夫かな？

そんなことを思いながらも私は明日の仕事に備えて休むことにした。

第二章　「お試しパーティー始動です」

Banno Skill no Retto Seijo

お試しでパーティーを組むという約束をした翌日の朝。私たちはジルベルタ王国の東側に位置する砦《とりで》の前に集まった。

今日の依頼は大人数が参加するので、まずはここで内容について説明を受けることになっているのだ。

「この日がくることを待ってました！　姐《ねえ》さんと同じパーティーで戦える日を！　いよいよ聖女ソアラのパーティー、試運転開始ですね！」

「エレインさん、大げさですよ。あくまでもお試しですからあまり期待しないでくださいね」

「それでも、あたしはソアラ姐さんと冒険をするっていう夢がひとつ叶《かな》いました」

「エレインさん……」

彼女は感極まっており、目に涙を溜めている。

（そこまで喜んでもらえるとは思いませんでした……）

今日はルミアさんに手配してもらったとおり、エレインさんとローラさんとパーティーを組んで仕事に参加している。

その手続きの都合で、彼女は今日のお仕事にはついてきていないから、宿の手配などは自分で行わなくてはならない。

(それよりも今日のお仕事を成功させることが先ですね)

今回の仕事は一言でいうと狩り。

毎年、この時期になると、スモールドラゴンという小型で非常に繁殖力の高い魔物が大量発生するらしく、前もって狩りをしておかないとさらに繁殖して手に負えない事態になるとか。

そこでジルベルタ王室が国中のギルドからフリーター、またはパーティーを召集して人員を多数取り揃《そろ》えたらしいのだ。

もちろん、スモールドラゴンの群棲地《ぐんせいち》に向かわせ、狩りを行わせるためである。

「エレイン、抜け駆けしてソアラにアピールするのは許さんぞ。――ソアラ、私もあなたと仲間としてともに戦えることが嬉しい。この喜びを刃《やいば》に乗せて戦おう」

「ローラさん……。承知いたしました。私も今日はお二人をパーティーの仲間として頼らせていただきます。改めて、ふつつか者ですがよろしくお願いいたしますね」

「「――っ!?」」

私が挨拶《あいさつ》をすると、お二人とも顔を真っ赤にして俯《うつむ》いてしまった。……どうしたのでしょう?

「くっ、姐さんの笑顔が眩《まぶ》しい。天使か、女神なのか？」

「ああ、やはりソアラ……あなたは美しい。その美しさはまさしく天上の光だ……」

「えっと、お二人ともどうされました？」

「なんでもありません……！」

「な、なんでもない！」

「そ、そうですか」

（よくわかりませんね。な、なんの時間だったのでしょう？　これは……）

とりあえず、お二人もやる気になっているみたいだからよかった。

それにしても、昨日も思いましたが、お二人がここまで気合いを入れているなんて珍しい。

いつもはもっとクールなのに。

「待たせたな、諸君！」

「「――っ!?」」

砦の門が開き、中から屈強な黒髪の騎士が現れた。

無駄のない筋肉に加えて、自分の背丈よりも大きな剣を背負い、身のこなしも隙《すき》がない。

おそらく彼が、今回の依頼主である国王陛下の代理人を務める方だ。

「ジルベルタ王国の誇る精鋭たちよ！　よくぞ来てくれた！　私はジルベルタ騎士団、団長のセルティオスだ！」

ジルベルタ騎士団、団長セルティオス。卓越した剣の腕前は王国で最強だと聞いている。

もし仮に冒険者をしていたら、最上位ランクのパーティーに所属できる実力があるだろう。

「スモールドラゴンは小さいが非常に獰猛《どうもう》な上に、旗色が悪くなると仲間を呼ぶ習性がある。半端《はんぱ》に傷つけるな。トドメは必ず刺せ。これだけは絶対に守ってもらおう！」

スモールドラゴン討伐についての注意事項を一通り説明したセルティオスさんは、スモールドラゴンの群棲地への地図を部下に配らせた。

グルセイヤ湿原――ここからそう遠くはない位置だ。

さらにセルティオスさんは私の方に近づいてくる。

「あなたが聖女ソアラか。ふむ、やはり貧弱だ……」

「んだと、この野郎！　ソアラ姐さんに喧嘩売ってんのか！」

「エレインさん！　手を出してはなりません！」

さすがに私たちだけに聞こえるような声だったが、明らかに敵意を向けられてしまい、少しだけ驚いた。

エレインさんはとても腹が立っているのか、すごい形相《ぎょうそう》でセルティオスさんを睨《にら》んでいる。

(揉《も》めごとは起こしたくないのですが、困りましたね)

彼に因縁《いんねん》をつけられる覚えはない。いったい私のなにが気に入らないのだろうか。

「数多くの有力なパーティーがお前の実力を買って勧誘しとるらしいが、私はそうは思っとらん。なんせ、あの勇者ゼノン様のパーティーを追い出されたのだからな。なにかしらの欠陥があったに決まっておる」

「否定はしません……」

「ふむ。自覚ありか……。そりゃ、そうだ。じゃないとフリーターみたいな底辺職をつづけるはずがないもんなぁ。くく、ゼノン様のパーティーを追われてすっかり落ちぶれたもんだ」

私を嘲笑《あざわら》うようにセルティオスさんは暴言を吐き続ける。

確かにフリーターというのはパーティーに所属できない実力の者が多いが、底辺という言い方はいかにも失礼な物言いだ。

（どうやら、この方はゼノンさんのことを信奉しているみたいですね）

おそらく私が彼のパーティーを追放されてもなお、過分な評価を受けていることが面白くないのだろう。

「ふっ、醜いな。男のジェラシーは……」

「ほう、私がこんな女に嫉妬しているときたか。くく、笑わせるな」

「ローラさん、私は大丈夫ですから落ち着いてください」

ローラさんの一言を嘲笑するセルティオスさん。

彼は私のことがとにかく気に食わないみたいだ。

「お前がこの依頼を引き受けたという話を聞いた連中が、お前ならスモールドラゴンを百体は討伐すると噂していた。去年までの討伐記録は私の五十五体にもかかわらず……、私の前で楽しそうにそんなことを語り合っていたのだ」

「やはり嫉妬ではないか」

「黙れ。この屈辱、貴様らのようなはぐれ者のフリーターにはわからんだろう。――勝負したまえ、聖女ソアラ。この私の討伐数を一体でも上回ればお前のことを認めてやる。その代わり負けたら、今後王宮からの依頼を二度と受けることは許さん」

なんだか、妙な話になった。

色々な方に実力を買ってもらえているのは嬉しいが、まさかこんな勝負を持ちかけられるなんて……。

とにかく、私は私なりに与えられた仕事を、自分のペースでこなすとしよう。

私情を挟んだ勝負だなんて、お仕事をくださった方に失礼だ。

「ソアラ姐さん、言い返さなくていいんですか？　ナメられてますよ」

「エレインさん。怒ってくれてありがとうございます。……ですが揉めごとはできるだけ起こしたくはないんですよ」

私は今にもセルティオスさんに魔法を放ちそうなエレインさんをなだめつつ、渡された資料に目を向ける。

なるほど。グルセイヤ湿原はスモールドラゴンだけでなく、他の魔物も多く棲息《せいそく》しているようだ。

ワータイガー、ポイズンウルフ、エビルフライなど、この国で仕事をする際によく遭遇する様々な魔物たちの棲息地でもあるらしい。

(魔物の出現頻度《ひんど》も年々増しているみたいですし、注意が必要ですね)

セルティオスさんの説明が終わり、パーティーを組んでいる者たちは作戦会議を開始していた。

フリーターの方々も地図や資料に目を通している。

さて、私もエレインさんとローラさんに今後の方針を話さなくては……。

「スモールドラゴンにだけ気を取られると足を掬《すく》われてしまうと思います。ターゲットを多く討伐することも大事ですが、まずは身の安全から気を配りましょう」

「はい！」

「承知した」

今日だけはパーティーリーダーという体裁《ていさい》を取らなくてはならないので、私はそれに従って自分なりの指示を二人に出した。

リーダーの経験はないので、的確な指示かどうかは些《いささ》か不安ではあるが……。

「くく、やはりゼノン様の金魚のフンをやっていたに過ぎん女の出す指示だな。消極的すぎる。保身しか考えぬのは二流どころか三流のやることだな」

どうやらセルティオスさんは、私の出した指示を後ろで聞いていたみたいだ。

私を蔑《さげす》み笑う彼を見て、エレインさんの顔つきが変わる。

「てめぇ！　騎士団長だかなんだか知らないが……！　これ以上、ソアラ姐さんをバカにすると――」

「するとどうというのだ？　底辺のフリーター風情《ふぜい》がこの私に意見するな」

「――っ!?」

怒ったエレインさんが摑みかかろうとすると、彼は大剣を抜いて物凄いスピードで振るう。

彼女は咄嗟《とっさ》に距離を取るが、彼の狙いはおそらく――。

「甘いことを抜かしていると、ドンドン差がつくぞ」

「すげー！　騎士団長殿！　もうスモールドラゴンを討伐しちまった」

「見えなかったぞ！　どうやった？」

「剣圧だ！　とんでもないスピードで剣を振って発生させた衝撃波だけでスモールドラゴンを倒したんだ」

突如スモールドラゴンが空中から落下して辺りはざわつく。

スモールと言っても、牛くらいの大きさがあるのだ。

なるほど、さすがはジルベルタ騎士団の団長。剣の腕前は超一流と言っても過言ではない。

「どうだ。底辺フリーターども……。こんな胡散臭《うさんくさ》い聖女に群がることしかできぬ愚図たちが。

お前らは小銭稼ぎに来たんだろうが、私は国王陛下の信頼を背負っている。信念のないお前ら如《ごと》きとは剣の重さが違うのだ」

　勝ち誇った表情で、こちらを小馬鹿にしたような視線を向けるセルティオスさん。

（この……、私だけじゃなくて、だんだんエレインさんたちにも暴言を吐くようになりましたね）

　私があまりにも情けないから。弱い追放者だと見られているから……。

　自分のことを貶《おとし》められるのは構わないが、二人の尊厳を傷つけるような言辞は許せない。

「そうですね。私の剣は軽いかもしれません」

「わかっているじゃないか。所詮は女の細腕……柔《やわ》な剣しか扱えぬ。飾りでそんな凶器を持つこと自体、滑稽《こっけい》だな。――っ!?」

「二閃《にせん》――！」

　私はセルティオスさんの目の前で二度剣を振るう。

　スピードに特化した私の剣技、〝閃光〟。その威力は男性の力重視の剣技にこそ劣るが――。

「うおおおおっ！　スモールドラゴンが二体も落ちてきた！」

「羽が切り落とされて――心臓に氷の刃《やいば》が刺さっているぞ！」

「し、信じられねぇ!!　どうなってやがるんだ!!」

　二体のスモールドラゴンを仕留めた。

剣でスモールドラゴンの羽を切り落として、落ちてきた瞬間に初級魔法である氷柱《アイスニードル》を発動して急所を貫《つらぬ》いたのだ。

「な、な、なかなか小手先だけの大道芸は得意みたいだな。私は剣の一撃で倒した。お前は二手もかけている。つ、つまりだなぁ――」

「声が震えてるよ。セルティオスくん」

「ローラさん、煽《あお》らないでくださいな……」

私の剣技と魔法を大道芸と切って捨てるセルティオスさん。

確かに私の技には派手さもないし、突出した火力があるわけでもない。

(しかし手数で補い、急所を狙えば与えられるダメージは力の剣技にも負けません)

「う、うるさい！　とにかく、たったの二体倒したくらいで――」

「お、おい！　こっち見ろよ‼」

「――っ⁉」

私が仕留めた他の五体のスモールドラゴンの死体も見つかったみたいだ。

そうです。私が倒したスモールドラゴンは二体ではなく全部で七体。

初級魔法であるアイスニードルなら同時に七つまで術式展開可能。

角度的に討伐しにくい二体は剣技で羽を落として当てたが、そうしなくても倒せる五体は急所を氷の刃で貫くだけで仕留めていたのである。

「セルティオスさん。確かに私はゼノンさんから追放されました。私が至らなかったことが原因であるのは自覚しています」

「………………」

「ですがそれを理由に、ともに戦おうとしてくれる仲間たちを侮辱することは許しません。あなたのプライドを傷つけるようなことはしたくありませんが、それだけはご理解してください」

力の誇示のために動くなんて、聖女にあるまじき行為だとはわかっていた。はしたないことをしている自覚もある。

だけど、こんな私をリーダーだと慕《した》ってくれる方々を自分の至らなさのせいで馬鹿にされるのは我慢ならなかったのだ。

「くっ！　弱い剣技と魔法が多少器用に使えるからなんなのだ!!　私はお前には絶対に負けん!!」

「きゃっ！」

セルティオスさんは私を突き飛ばして湿原の奥深くに入っていった。

(完全に冷静さを失っているように見えましたが、これはよくない予感がしますね……)

セルティオスさんを追いかける形で私たちは湿原へと足を踏み入れる。

彼のことは気になるが、それよりもパーティーリーダーとして頑張らなくては。

◆

「姐さんだけに頼りっきりじゃあ右腕は名乗れない！　氷竜召喚《ブリザードドラゴン》ッ！」

「ソアラの技はやはり美しい。私も負けるわけにはいかないな。……ダルメシアン流・レッドローズライジングッ！」

グルセイヤ湿原の奥地。私たちは襲いかかってくる大量のスモールドラゴンやその他の魔物たちと戦っていく。

エレインさんがハーフエルフの高い魔力を活かした高火力の魔法で遠距離や空中の敵を牽制しつつ倒し、ローラさんはその機動力を活かして中距離の敵を確実に仕留める。

私は仲間に近づく敵に神経を集中させて倒すことで、パーティーの安全を確保していた。

「これであたしは二十体、ローラは十四体。どーだ、ローラ。あたしの方が討伐してるぞ」

「うるさい。スモールドラゴンは空を飛ぶことができるのだ。貴様のほうが有利に決まっているる」

「んだと、負け惜しみを！」

「負けてないのに、どうして負け惜しみを言う必要があるのだ？」

二人の口喧嘩は相変わらずである。

（仲良くなったと思ったのですが、困りましたね）

しかし、ローラさんが言うとおり今回は魔法が使えるというか、遠距離射程の技を持っているほうが有利なのは確かだ。

スモールドラゴンの行動範囲がかなり広いので、より多くを仕留めようとするならエレインさんのようなタイプが向いているのである。

「エレインさん。ローラさんもあなたの安全を守りながら戦っているのです。強い魔法を使う際に安心して魔力を溜めることができるのは彼女が身体を張っているからなのですから」

私はエレインさんを窘《たしな》めた。……パーティーとはお互いに尊重し合ってこそ、力を発揮できると思っている。

それに仕事量で言えばローラさんも決して引けを取ってはいない。

なんせスモールドラゴン以外の魔物ももちろん襲ってくる。そして、ローラさんはそのほとんどを接近してくるのと同時に切り伏せていたのだ。

エレインさんが安心して魔法を使えるのは彼女のおかげだと言っても過言ではない。

「うっ……、ソアラ姐さん……。──すまない、ローラ。あたし、調子に乗っちまった」

「えっ？　いや、うむ。私もついムキになり、くだらないことを言ってしまった。貴様の魔力は頼りにしてる」

エレインさんとローラさんは互いに仲直りしてくれた。

最初はどうなることかと思っていたが、少しずつ急造パーティーにも絆《きずな》というようなものが芽生えたような気がする。

それは、追放されたあの日まで私がゼノンさんのパーティーに対して一番大事なモノだと信じていたことだった——。


「ソアラ姐さん、そろそろ引き上げますか？　スモールドラゴンの数も減りましたし」

それからしばらくして、私たちは急にスモールドラゴンと遭遇しなくなった。

エレインさんは仕事を終えてもいいという合図だと言って引き上げを提案しているが——。

「いえ、なにか変です。あまりにも急激に減少しすぎている気がします」

「うむ。ソアラの言うとおり、妙な静けさだな」

「おや？　こちらに向かって誰か走ってきていますね……」

私が減少したスモールドラゴンの気配について違和感を覚えていると、ローラさんが指を差す方向から何名かジルベルタ騎士団の団員の方々が走ってくる様子が見えた。

「聖女様〜〜！　た、た、助けてください！　だ、団長が、セルティオス団長が〜〜！」

騎士団の団員は息を切らせながら、自分の来た方角を指差して助けを求める。

どうやら、セルティオスさんの身になにか起きたみたいだが、この静けさとなにか関係があるのだろうか……。

（この慌てよう。ただごとではなさそうです）

「あ、あ、あんなに多くの……！」

「バカみたいにとんでもない化け物が──！」

「死んでしまう。し、死んでしまう～～。ひぃ～～!!」

「お前ら！　いっぺんに喋《しゃべ》んな！　なにがどうなのかさっぱりわからねぇだろ！」

「行きましょう！　一刻を争う事態みたいです!!」

騎士団員の方々のパニック具合から状況を把握することは無理だと感じた私は、危険だが先に進むことを選択した。

人の命がかかっているのなら、聖女としてそれを無視するわけにはいかない。

◆

「くそっ！　次から次へと湧いて出てきてキリがない！」

団員たちが逃げてきた方向に走りだしてしばらくすると、大量のスモールドラゴンに囲まれているセルティオスさんがいた。

湿原の奥地にある開けた場所に出た私たちは、その異様な光景に目を丸くする。

軽く百体はいた。さすがにこの数は異常だ。

「な、なにがあったら、こんなことに!?」

「おそらく瀕死《ひんし》の状態に気づかず、トドメを刺しきれなかったスモールドラゴンいたことが原因でしょう。そしてその瀕死のスモールドラゴンがいた場所が運が悪いことにドラゴンたちの巣の付近で連鎖的に大量の仲間を呼ぶという結果を招いたのではないでしょうか」

スモールドラゴンは傷つけられると仲間を呼ぶ習性がある――それはセルティオスさん自身が私たちに忠告していたことであった。

彼は既《すで》に左腕を食い千切られて重傷を負っている……。

普段の彼ならきっとこのようなミスは犯さなかったはず。

私よりも多くの数を討伐しようと焦《あせ》った結果と、不運が相まってこのような状況を生み出してしまったのだろう。

(腕はもう手遅れかもしれませんが、命だけでもなんとか助けませんと)

「醜いな。自らの功績を誇るために焦り、その結果がこの体《てい》たらくとは。――だが、見殺しにするのは私の美学に反する。人数を集めよう」

「あ、あたしも行くぞ。ローラだけじゃ不安だからな」

よかった……。二人とも自分たちを侮《あなど》った人間だから見殺しにしようだなんて言わなくて。

もう仲間を信じてパーティーは組めないと思っていたが、その考えは改めてもいいかもしれない。

（これを使うと反動でしばらくパフォーマンスは落ちてしまいますが）

「お二人とも助けを呼ぶ必要はありません――」

「「えっ……？」」

「――我流・百閃煉魔《ひゃくせんれんま》ッッッッ!!」

最速の突き技のラッシュ。

秒間百回の突きから繰り出される衝撃波でスモールドラゴンの頭を貫く。

〝覚醒者〟になれなかった私なりに才能の限界に挑んだ結果編み出した新技。

今の私にできる最大火力の剣技で百体のスモールドラゴンを一気に絶命させた。

「う、ううっ……」

「ひどい怪我です。治癒術《ヒール》！」

残り十体ほどのスモールドラゴンはエレインさんたちに任せて、私は重傷を負っているセルティオスさんの傷を治療した。

やはり食われてしまった左腕は再生できないが、命はまだ助けられるはずである。

（よかった。血が止まってくれました。あとはこの包帯を巻いて……）

「あうう……、ううっ……、せ、聖女様……。私が間違っていました。私は随分と失礼な態度しか取っていないのに、ううっ……、申し訳ありません」

治療を終えたセルティオスさんは涙ながらに謝罪する。

小刻みに震えながら、焦点が合わなくなった目で……。

どうやら死の恐怖というものが、よほど大きかったみたいだ。

「命が助かってよかったです。止血も同時にしていますから少々お待ちを」

治癒術《ヒール》をかけながら私はセルティオスさんに応急処置を施す。

血さえ止まってくれれば大事に至らずに済むはずだ。

「なんという手際《てぎわ》。魔法を使うだけでなく、的確な処置まで。せ、聖女様……、あなたこそ本物の聖女様です……」

処置を終えると、セルティオスさんは立ち上がり砦まで自力で歩いた。

責任を持って最後まで仕事は行うとのことだ。

「これにて、スモールドラゴンの討伐任務は終了だ！　よくぞ頑張ってくれた！　報酬に関しては所属ギルドを通して支給されるので、各自受け取るように！」

「姐さん！　あたしたちの初仕事！　大成功でしたね！　お疲れ様です！」

「うむ。やはりソアラがリーダーだと動きやすかった。最後のあの技も見事だったぞ」

こうしてセルティオスさんの言葉によって締められて、三人でパーティーを組んでの初仕事は終わる。

エレインさんとローラさんは私に笑顔を向けて労《ねぎら》いの言葉をかけてくれた。

「お二人ともお疲れ様です。私が優れたリーダーというより、お二人が優秀すぎるんですよ。私は大した指示も出せませんでした」

「なにを言ってるんですか！　的確で簡潔な指示を出していましたよ！」

「そうとも。ソアラ、自分を過小評価しすぎだぞ」

「うーん。そうですかね？　とにかく今日の疲れを取るために近くの街で一休みしましょう」

新技による消耗が激しくて私は早めに休むことを提案した。

二人は同時に頷《うなず》いて、私たちは宿屋を求めて最寄《もよ》りの街へと足を進める。

（ああ、それにしても無事に仕事が終わって本当によかったです……）

初めて三人でパーティーを組んでの依頼。それを無事に達成できた私は心底ホッとしていた。

「ところでソアラ姐さん、今日はどこに泊まるか決めてます？」

「あっ、いえ……まだです。そうでした。まずは宿を探すことからしなくてはなりませんよね」

街に到着して、エレインさんの言葉を聞いた私はハッとしてしまう。

普段はルミアさんが宿の手配をしてくれていたのだが、今回は自分で探さなくてはならないということに気づいたのだ。

こういうときに、彼女のありがたさが身にしみる。

しかし振り返ってみると気心の知れたお二人との仕事は、私としても非常に有意義な一日になった。

（パーティーのリーダーですか。私に務まるのかまだ不安ですが……）

そんな物思いに耽《ふけ》りつつ、私たちは宿を探す。

地図によると街の中心地の南側に宿泊施設が点在しているようだ……。多分この辺りに行けば空いている部屋くらい見つかるはず。

私は慣れない土地で慣れない作業をしつつも、なんとか宿を押さえることに成功した。

ふう、よかった。今日は百閃煉魔も使ったし、ゆっくり休もう……。

このときの私は確実に安堵《あんど》の表情を浮かべていた。

◆

夕方を過ぎたころ、グルセイヤ湿原最寄りの街にある宿屋の一室で私は冷や汗をかいていた。

「す、すみません。お二人とも……、なぜか三部屋取ったつもりがツインルーム一部屋しか取ることができてなかったみたいです」

私たちはまさかの事態に見舞われている。

こんなミスを犯してしまうとは、私はやはりリーダー失格だ。

「エレインさん、ローラさん、お二人はベッドを使ってください。私はソファで寝ます」

「いや、それはダメです。ソアラ姐さんをソファに眠らせるのはあたしが我慢なりません」

「大技で筋肉を傷《いた》めたのは知っている。ソアラ、あなたはベッドで寝るべきだ」

しかし二人は、私がソファで寝ることを承知してくれない。

二人の厚意は嬉しいが、それだとどちらかがソファで寝ることになるし、それはミスをした手前申し訳ない。

(どうしましょう。……ですが、こちらのベッドはかなり大きいですね)

私は二つあるベッドのうち、ダブルサイズくらいのベッドに注目する。

これなら二人で寝ても余裕があるだろう……。

「お二人とも、このベッドはきっとキングサイズです。なので、もしよろしければエレインさんかローラさん、どちらか私と同じベッドで寝ていただけませんか？　それなら全員がベッドを使用することができます」

「「――っ!?」」

(えっ？　殺気……？)

私の提案を口にした瞬間、ピリッとした空気が流れたような気がする。

エレインさんとローラさん、どうして無言で睨み合っているのだろう。

まさか、そんなに私と同じベッドが嫌なのだろうか……。

「――エレイン、貴様のほうが討伐数も多くて功労者だったな！　仕方あるまいが一人で快適に眠るがいい。ソアラ、私があなたとともに眠ろう」

すると突然、ローラさんが私の提案に乗っかってくる。

なんとなくだが、ローラさんが私にジリジリと近づいているように見えた。

「そ、そうですか。では、ローラさん――」

「ちょっと待ってください！　ローラ、あんたの助けがあったからこそあたしはあの討伐数だったんだ。魔法なんて体力使わないし、剣士であるあんたのほうが疲れているだろう。ここはあたしがソアラ姐さんと一緒に寝ようじゃねぇか」

「なにを言っている。私は決して疲れてなどおらぬ。貧弱な貴様と一緒にするな」

「はぁっ……？」

なんだか険悪な雰囲気になってしまった。

私がリーダーなのに……、情けない。

「ま、待ってください！　お二人とも……、せっかく仲良くなったんですし……」

「ソアラ姐さん、あたし隣に誰かいるほうが安眠できるんです！」

「き、貴様、だんだんとストレートになってきたな。それなら私も誰かが一緒のほうが落ち着く！」

言い合いはさらにヒートアップしていく。どうやら二人とも、誰かと一緒に寝るほうが好きらしい。

（珍しい性格ですね。まぁ、お二人とも変わった方々ですが）

でも、それなら簡単な解決策があるような……。

私は意を決して口を開いた。

「それでしたら、お二人が一緒のベッドで眠られますか？」

「「……はぁ？」」

「あっ、いえ……、その、お二人がお望みであれば、ですけど」

私の提案を聞いたお二人から、一瞬にして怒りのオーラが立ち昇った。

な、なぜ怒っているのでしょう。

私はただ、お二人に少しでも快適に過ごしてほしいと思っただけなのに……。

「ふざけないでください！　どうしてあたしがこのナルシスト剣士と一緒に寝なきゃならないんですか!?」

「誰がナルシストだ!?　しかし、ソアラよ。私もこの胸だけにしか栄養が回ってないような破《は》廉恥《れんち》魔術師とは一緒に寝たくないぞ」

「なんだとコラァッ！」

「本当のことを言ったまでだ」

そして再び喧嘩を始めてしまう。私はどうすればいいのだろう……。

（はぁ……、困りましたね）

私は心の中でため息をつく。

お試しでパーティーを組んでみて、本当に今日一日で様々なことが起こりすぎだと思う。

うーん。冗談でも言って場を和《なご》ませてみようか。

（あまり面白い冗談は思いつきませんが――）

「それではいっそのこと三人で同じベッドで寝ましょうか？」

「「えっ？」」

その発言をした瞬間、今度は二人の喧嘩がピタッと止まった。そしてなぜか頬を赤らめながらこちらを見つめてくる。

「ソ、ソアラ姐さん。それって、つまり……」

「あ、ああ……。そういうことだな」

「……は、はい？　あの、お二人とも顔が近いです」

エレインさんとローラさんの表情が真剣そのものになる。

どうやら私の発言になにか思うところがあったようだ。

「……わかりました。ソアラ姐さんがそこまで言うなら、あたしは三人で同じベッドで眠りたいと思います」

「そ、そうだな。今日、新たなパーティーを結成したのだ。同じベッドで寝た仲になるのも悪くない」

「……えっと、その。今、どういう状況ですか？」

二人はいったいどうしてしまったのか。私は思わず首を傾《かし》げてしまった。

エレインさんとローラさん、そして私の三人は宿屋の一室にて寝ることになったのだが――。

現在、私たちはキングサイズのベッドの上に横になっている。

私が真ん中でエレインさんが私の右側、ローラさんが私の左側という並びだ。

二人の間に挟まって眠ることになった私は、少しだけドキドキしつつ左右に目を向ける。

(エレインさんとローラさんはいつ見てもとてもきれいな方たちですね)

改めて二人の容姿に感嘆する。

エレインさんは長い亜麻色の髪が特徴的で、スタイル抜群。

ローラさんは今は解いているが黒髪をポニーテールにしており、凜《りん》と整った顔立ちをしている。

「あの、お二人ともまだ起きていますすよね？」

「はい。眠れなくてすみません」

「私も起きているぞ」

「いえ、それは構いませんが……。あの、本当に私がリーダーのパーティーで大丈夫だと思っていますか？」

今日お試しでパーティーを組んでみて、二人と一緒に冒険者として頑張ってみたいと思ったのは事実だ。

リーダーとしての資質に自信がない私が、こんなに素敵な二人を率いてもよいものかと……

私は不安に思っているのである。

「もちろんです。あたしはソアラ姐さんがリーダーだからこそ、パーティーとして戦いたいと思ったんです。今日一緒に動いてみて、その選択が正しかったと確信しました」

「私も同じ意見だな」

「そうですか……。ありがとうございます」

エレインさんとローラさんが私を評価してくれたことに嬉しく思う。

ゼノンさんに追放されて、プライドや自信がズタズタになっていた。

だから、こうして誰かに認められ……とても温かい気持ちになっている。

すると突然、エレインさんがモジモジしながら口を開いた。

「あの……、ソアラ姐さん……」

「はい？」

「あたしは……ソアラ姐さんのような優しい方がリーダーでよかったなって思ってます」

「……えっ？」

「最初はその強さに憧《あこが》れていましたが、今ではそれだけじゃありません。ソアラ姐さんは本当に優しくて温かくて……、とても尊敬できる方です」

「エレインさん……」

エレインさんの言葉を聞いて、私は思わず泣きそうになる。

私は勇者ゼノンのパーティーを追放されてから、今までずっと一人で戦ってきた。

でも、本当は信頼できる仲間に背中を預けて一緒に戦うのが好きなのかもしれない。

「私もソアラは頼りがいのある素晴らしい女性だと思うぞ。もっと自信を持っていい」

「あ、ありがとうございます……。ローラさん」

ローラさんからも褒《ほ》められて、私は照れくさく感じてしまう。

でも、なんだか二人から信頼されているようで嬉しい。

私は涙をこらえながら笑顔を浮かべる努力をする。

「あの……、お二人ともよく聞いてください。今、請け負っている仕事がすべて終わりましたら……私は自分のパーティーを作ろうと思います。そのときはお二人とも私のパーティーに入ってくださいませんか？　お二人の力が必要なんです」

「「――っ⁉」」

私がパーティーの勧誘を口にした瞬間、二人が息を飲むのを感じた。

エレインさんとローラさんの顔がみるみると赤くなっていく。

（あれ……？　どうしたのでしょう？）

この流れだと確実に入ってくれるものだと思ったのだが、もしや勘違いだったのだろうか。

「あ、あの……。お二人が嫌でしたら別にいいのですが……」

「入ります！　姐さん！　ぜひ入らせてください！」

「ソアラ！　私がどれほどその言葉を待ちわびたことか！　返事など言うまでもなく決まっている！」

二人は食い気味で返事をしてきた。どうやら勘違いではなかったらしい。

「本当ですか！　それではこれからよろしくお願いします」

「はい！」

「もちろんだ！」

こうして、エレインさんとローラさんが私のパーティーメンバーとなった。

さて、それならもう一人……絶対に仲間になってほしい方がいるのだが……。

(果たして私の勧誘にイエスと答えてくれるかどうかわかりませんね)

この日、私は二人の友人とパーティーの結成を約束する。

そして深夜までこれからのことを語り合い三人で笑い合った。

(仲間というのは本当にいいものですね)

私は心の底からそう思うのであった……。

◆

「おはようございま〜す！　ソアラ様〜、先日はすみません〜。一緒についていきたかったんですけど〜。大丈夫でした〜？」

お試しパーティーでのお仕事を終えて、ギルドに戻った私は、マネージャーであるルミアさんのもとに向かった。

彼女は心配そうな顔をしてこちらを見ている。

「はい。無事にお仕事は完遂《かんすい》することができましたよ」

「それはよかったです〜」

「それで今日はお仕事の話の前に、折り入ってルミアさんにお願いしたいことがあるのですが……」

「はいはい〜。なんでしょうか〜？」

ルミアさんはピクッとその猫耳を動かしながら首を傾げる。

私は意を決して彼女に言った。

「実は……、私の新しいパーティーのメンバーになっていただきたいのですが……。ダメでしょうか？　こちらのギルドを辞めていただくかもしれないので、無理は承知でお願いしております」

「えっ？」

私の発言に、ルミアさんは目を丸くしていた。やはり唐突なお願いでびっくりしたのだろうか……。

だが、ルミアさんは是が非でも必要な人材だ。

パーティーを追放された私もそうだが、エレインさんもローラさんも少しだけコミュニケーション能力に難がある。

その点、ルミアさんのコミュニケーション能力は抜群だ。それに加えて身体能力の高さと誠実な人間性。

（彼女ほどパーティーに欲しい人材は他にいないです）

だからこそ、私はパーティーを作ると決めたときエレインさんとローラさんに加えて彼女も勧誘しようと決めたのだ。

「やはり……ダメ、ですかね？」

「……」

私が再度尋ねると、ルミアさんは無言のまま俯いた。

やっぱり難しいのだろうか……。

すると、彼女は顔を上げて私に微笑みかける。

「いえいえ、そんなことないですよ～！　むしろ、私なんかがソアラ様の仲間になれるなんて光栄です～！」

「ほ、本当ですか!?」

「もちろんですよ～！　ソアラ様に誘っていただいて嬉しく思います～。それに私はソアラ様のマネージャーになってからというもの、日々お慕わしい気持ちが強くなっておりましたので……そこまでの評価をしていただいて……ぐすっ、本当に嬉しくて……」

「えっ……？　……えっ？　えっ？　ど、どうして泣いているのですか……？　あの……、もしかしてなにか私のせいで嫌なことでもあったのですか？」

突然泣きだしたルミアさんを見て、私はオロオロしてしまう。

「ち、違います！　違うんですよ～！　私はただ……ソアラ様から仲間として誘っていただけたのが純粋に嬉しかっただけで、ぐすん」

そう言って、ルミアさんは再び涙を流し始めた。

私は慌ててハンカチを取り出し、渡そうとする。

「ルミアさん、涙をお拭きください。……私の仲間になってくれるんですね？」

「はい……。よ、よろしく……、よろしくお願いします～」

「ええ、こちらこそよろしくお願いします」

ルミアさんは私と握手を交わして、正式にパーティーメンバーとなることに決まった。

まずはフリーターとしてお受けした仕事をやり遂げてからではあるが、私とルミアさん、そしてエレインさんとローラさん――この四人で約一年後にパーティーとしてデビューすることになる。

（それまでに色々と準備しなくてはなりませんね）

私は心の中で決意を固める。まずは仲間との連携や絆を深めなくては……。

ゼノンさんのパーティーでの失敗は、彼らが個人主義者であったせいなのもあるが、私が必要以上に距離を取っていたのも原因だったと思っている。

ルミアさんとはほとんど一緒にいるから人間性についてはかなり理解ができたが、エレインさんとローラさんとはまだそこまでではない。

これからは仕事の合間に彼女たちと積極的に関わろう。

そして、ともに戦うときに息を合わせられるように訓練もしておこう。

あとは装備も揃えないとならない。私が使える武器は剣の他にも槍、鞭《むち》、トンファー、短刀、弓など多岐に渡る。

収納魔法《アイテムボックス》を使えるのだから、予備も含めて多く所持しておくに越したことはない。

さらに、魔法を上手く組み合わせて戦う方法もこれまで以上に考えておこう。

手数を増やしておいて損はない。これは私の経験から確かだと言えることだ。

私はまだまだ強くなれる。仲間とともに……。

パーティーの結成を楽しみにしながら、今後のことに思いを馳せる。

「それでは、ルミアさん。本日の予定を教えてください」

まずは目先のお仕事も大事なので、ルミアさんに今日のスケジュールを確認した。

「はい〜。本日は国からのソロの依頼を受けていただきます〜」

「わかりました」

「依頼の難易度はBランクになりまして〜。内容はコボルトの討伐となります〜」

今回はソロなので他のパーティーの助っ人《サポーター》ではない。

前回と同じく国からの依頼なので報酬は高額である。

また、魔物の特徴を聞いてみると特に珍しいタイプのものではないようだったので、これなら問題もなさそうだ。

今日も頑張ろう。パーティーを結成するまで、私はこのギルドのフリーターなのだから。

私は気合いを入れて、ギルドの外へ出た。

◆

「さすがはソアラ様〜、無事にコボルトたちの討伐お疲れ様でした〜」

仕事を終えてギルドの共用スペースで休憩をしようと腰をかけたら、ルミアさんはニコニコしながら私に労いの言葉をかけてくれた。

やはりルミアさんがサポートでついてきてくれると、かなり楽だ。

彼女のありがたみと頼もしさを実感する。どう考えてもパーティーには欠かせない存在だ。

「では、私はこれから事務仕事がありますので～」

「無理なさらないでくださいね」

「はい～。ありがとうございます～。あっ、それと……」

ルミアさんは猫耳を動かしながら、こちらに顔を近づけてくる。

そして、小さな声で私に言った。

「パーティーの件ですけど……、本当に私なんかが入ってもよろしいのですか～？　よく考えたら、あれは夢なんじゃないかと思いまして～」

「もちろんです。むしろ、ルミアさんのような優秀な方に入ってもらわないと困りますよ」

「ソアラ様ぁ～！　嬉しいです～！」

「――っと！」

ルミアさんは私に抱きついてきた。

その勢いで倒れそうになるが、なんとか踏みとどまる。

（ふぅ……、危ないところでした。ルミアさんは見た目よりもずっと力がお強いですからね）

「もう、びっくりしましたよ……」

「ごめんなさい～。でも、嬉しくて」

「ふふ、わかりました。頼りにしてますからね」

「はい～！　任せてください～！」

ルミアさんはにっこり笑って仕事に戻ろうとする。

だが、すぐに振り返って私を見つめると、頬を赤く染めて恥ずかしそうにもじもじし始めた。

「あの……、それでですね～。えっと、私……、実は……ソアラ様のこと……」

「どうされましたか？」

「いえ……、なんでもありませ～ん！　失礼します～！」

ルミアさんはそれだけ言うと、逃げるようにして走り去っていった。

（いったいなんだったんでしょうか？）

私は首を傾げながら、その場に立ち尽くしていた……。


「そろそろ話しかけてもいいか？　ソアラよ」

「えっ？　あ、はい。すみません、ローラさん。少しだけボーッとしていました」

私は声をかけられて我に返る。

いつの間にかローラさんが共用スペースに来ており、私の背後に立っていたのだ。彼女は呆れた様子で私を見ていた。

「まったく、これが戦場なら困ったことになるぞ。あなたなら大丈夫だとは思うが……もう少し気を引き締めておけ」

「申し訳ありません。以後、気をつけます」

「うむ、わかればいいのだ。で、ルミアは仲間になってくれるのか？」

「はい。とても心強いですよ」

私は笑顔で答えた。

するとローラさんは満足そうな顔で大きく首肯《しゅこう》する。

「それはよかった。ルミアは頼りになる奴だからな」

ローラさんやエレインさんからもルミアさんの評価は高かった。

二人とも、私が彼女とともに仕事をこなしている姿を見て、そう思ったのだと言う。

「それで、今日から時間が合えば剣の鍛錬に付き合うと言っていたが、本当か？」

「はい。お願いできますか？」

「ああ」

「では、早速行きましょう」

私は彼女とともにギルドの訓練場に向かう。訓練場はギルドの裏にあり、ギルドに登録している者なら自由に使うことができる。

訓練場についた私たちは、木刀を持って向かい合った。

「さて、それでは始めるとするか」

「よろしくお願いいたします」

「あなたの実力は知っているつもりだが……まずは手合わせしてくれないか？」

「わかりました」

私は返事をして構える。

それから、一気に距離を詰めて斬りかかった。

「くっ……!?」

私の攻撃をローラさんは咄嗟に防いだ。

さすがはダルメシアン一刀流の師範代《しはんだい》だ。優れた反応速度である。

ダルメシアン一刀流──東の島国であるアトラス皇国で多くの門下生を抱えており、戦場で無類の力を発揮するという剣術。

それだけに彼女の剣は実戦向きで力強いが、それに加えて華麗さもあった。

しかし、スピードでは私が勝り……このままでは押し切られてしまうと判断したのか、すぐに反撃に転じた。

「スマッシュ！」

「うっ……！」

上段の構えから木刀が振り下ろされ、強烈な一撃が飛んでくる。

それを避けられず、木刀で受ける他なかったが、私はなんとか防御することができた。

（真剣だと危なかったかもしれません）

そのまま鍔迫《つばぜ》り合いの状態となる。

「ほう、さすがだな……」

「ありがとうございます。ですが、まだまだ頑張れますよ？」

私とローラさんはお互いにニヤリと笑みを浮かべた。

「では、いくぞ！」

「はい！」

私たちは同時に動きだし、何度か木刀で打ち合う。

そして距離を取り、再び激しい攻防を繰り広げた。

「ふぅ……、やはりソアラの技は美しい……」

「きょ、恐縮です……」

しばらく打ち合って改めて実感したが、やはりローラさんは戦い慣れている。

勘が鋭くて、死角からの攻撃にも対応するセンスには舌を巻いた。

スピードで勝る私の攻撃をすべて捌《さば》いてしまい、隙《すき》を突いて的確に攻撃を仕掛けてくる。

まるで私の動きを先読みしているかのような戦い方だ。

「私もかなり腕には自信があったが……ソアラほどの腕前を持つ者は初めて見た」

「いえ、そんな……」

「謙遜することはない。誇っていいことだ」

ローラさんは爽《さわ》やかな笑顔で言う。

（それでもやはり剣の腕前は彼女のほうが若干《じゃっかん》上……。このままでは勝てないでしょう）

私も彼女の強さに感嘆していた。

しかし、勉強になる。彼女のしなやかさと力の強さは相当なものだ。

（もっと鍛えなければなりませんね）

「よし、そろそろ本気を出そう。ソアラ、あなたに初めて見せる。これがダルメシアン一刀流の真髄《しんずい》……闘気術《バースト》だ！」

ローラさんが目をつむって集中したかと思うと、オーラのようなものを身に纏《まと》う。

こ、これは……！

（すごい！　先程までとは比べものにならないくらいのプレッシャーです）

私は驚きつつも、ワクワクしながら身構えた。

「闘気術《バースト》は体内にある気を放出することで、身体能力を飛躍的にアップさせることができる」

「なるほど……。素晴らしい技術です」

「うむ。だが、これには大きな欠点がある」

「というと？」

「身体に大きな負担がかかるのだ。長時間の使用はできないだろう。しかも、使用中は体力が著しく消耗する」

「確かに……、デメリットは大きいようですね」

「ああ、だから悪いが早めに決着をつけさせてもらうぞ」

「構いませんよ」

「いくぞ！」

ローラさんの姿が消えたかと思った瞬間……私の目の前に現れた。

「速い!?」

「スマッシュ!!」

「ぐっ……!?」

なんとかガードしたが、凄《すさ》まじい威力の攻撃を受けて吹き飛ばされた。

先程、同じ技を受けたが威力は段違い……。腕が痺《しび》れて手に力が入らないほどである。

(木刀でもこれほどですか。闘気術《バースト》、恐るべし……ですね)

「勝負あったな」

地面に倒れ込む私を見てローラさんが言う。

こんなにすごい技を見たのはゼノンさんのパーティーにいたとき以来。やはりこの方はすごい……。

「はぁ……、まさかこれほどまでに差があるなんて思いませんでした。完敗です……」

「まあ、私は一応剣術専門だからな。あなたが剣だけでなく魔法なども使えば敵《かな》わなかっただろう」

「それはどうでしょう？」

「また謙遜をする……、だがそれもソアラらしいな」

ローラさんは苦笑いする。

ありがたい。こんなすごい方と私は仲間なんだ……。

「では、約束どおり、これからも剣の鍛錬に付き合ってくださいますか？」

「もちろんだ。まずはさっきの闘気術《バースト》を教えよう。きっとソアラにも使えるはずだ」

「はい、お願いします！　って、秘伝の技を教えていただいてもよいのですか？」

私はローラさんの発言に驚く。

しかし、彼女は首を縦に振り……まっすぐにこちらを見た。

「問題ない。それに、ソアラなら悪用しないと信じているからな」

「ありがとうございます」

「それに……、エレインはきっとこんなすごい技をソアラには教えないはずだ。わ、私のほうがソアラのことを――」

「えっ……？」

「い、いや、気にするな。そ、それより、早く始めよう」

「はい！」

なぜか顔を真っ赤にしてなにか聞き取りにくいことを言うローラさんだったが、顔をブンブン横に振ると、いつものような凜々《りり》しい顔つきに戻る。

こうして私は、さらなる剣の鍛錬を始める。

この闘気術《バースト》を覚えれば、きっと私はもっと強くなれる。

彼女との鍛錬は時間を忘れてしまうほど楽しかった。

パーティーが始動するまでの間、私はローラさんとこのようにして剣術の稽古《けいこ》に励んだのである。

◆

「姐さん、すみませんね。買い物まで付き合わせてしまいまして」

「いえ、お安い御用です」

私は現在、エレインさんと街に来ており、彼女が必要だというものを買い揃えてきたところだ。

「しかし、ソアラ姐さんにこのようなことを頼んでしまって申し訳ないと思っています」

「そんなことありませんよ。私でよければいつでも声をかけてください。エレインさんにはいつも魔法の修行に付き合ってもらっているのですから」

「へへ、あんなのお安い御用というか、ソアラ姐さんとデートできるなら儲けものっていうか……」

「……？　えっと、今、なにか言いましたか？」

「い、いや、なんでもありませんよ！」

「そうですか？」

エレインさんは慌てて否定する。

少し様子がおかしいが、まあいいか。

そんなことを考えながら私たちは街を歩いていく。

「しかし、こんなにも多種多様のハーブ。いったいなにに使われるおつもりなんですか？」

「……それはエルフ族秘伝の新魔法を作るためですよ」

「新魔法⁉」

私は驚いてしまう。

エレインさん、新しい魔法を開発しようとしているんだ……。

確かにエルフ族は植物を使ってオリジナル魔法を作るという話は聞いたことがあるが、身近にそういった方がいたとは驚きである。

「そ、そうなんですか。それで、どんな魔法を？」

「それは秘密です。完成するまでは内緒のほうが面白いじゃないですか」

「なるほど……。ちなみにどのような効果があるのでしょうか？」

「そうですね。ソアラ姐さんにぴったりな魔法ですよ。できたら姐さんにプレゼントしようと思っていまして」

「私にぴったりな魔法……？」

「ええ、きっと気に入りますよ」

「ふむ……」

私は考える。

果たしてどんな魔法だろうか……。

すっごく強力な攻撃魔法……、それともあらゆる攻撃を防ぐ防御魔法。

まぁ、どんな魔法でもエレインさんからの贈り物だ。喜んで使わせてもらおう。

(うーん……。でも、エレインさんのことだから私が想像もつかないようなすごい効果の魔法かもしれませんね)

それからしばらくすると、私たちの視界に一軒のレンガ造りの家が入った。

「あれがあたしの家です。魔法の開発はここでやっているんですよ。ささ、入ってください」

「はい、失礼します」

エレインさんに促《うなが》されて家に入る。

通された部屋は小さなリビングとなっており、部屋の中心にはテーブルと二脚の椅子が置かれていた。

「ちょっと待っていてくださいね。今お茶をお出ししますから」

「いえ、おかまいなく」

「ダメです！　客人をもてなすのは当然のことなんですから」

「はぁ……。わかりました」

私は仕方なく椅子に腰かける。

そして……、部屋の隅に置いてある本棚に目を向けた。

そこには大量の本が並べられており、そのどれもが魔法に関するものであることがわかる。

「凄《すさ》まじい数ですね」

「そりゃあもう、暇《ひま》さえあれば研究していますからね。あっ、紅茶持ってきました」

「ありがとうございます」

「どうぞどうぞ」

「いただきます」

私は差し出されたカップに口をつける。うん、美味《おい》しい。

「ところでエレインさん。先程の話の続きなのですが……」

「ああ、ソアラ姐さんに相応《ふさわ》しい魔法って話でしたよね？」

「はい、いったいどういうものなのか気になりまして……」

「いいでしょう。それではさっそく作りましょうか」

エレインさんは買ってきたハーブをテーブルの上に並べ、胸の谷間から取り出した御札を構える。

（えっ？　なんでそんなところに御札をしまっているのでしょう？）

「まずは植物成長《グラスト》！」

エレインさんが呪文を唱えると、置いてあったハーブたちがみるみると大きくなっていく。

まるで生きているかのように動くその姿は圧巻だった。

「これがあたしの魔法です。この魔法は植物の生育を促進させることができます。しかも、ある程度成長したら勝手に枯れるので、栽培しているときに余計な手間がかからない優れものです」

「なるほど、素晴らしい魔法ですね。これが新しい魔法ですか……？」

「いいえ。それは今から作ります」

エレインさんはそう言うと、再び胸の谷間に手を入れて、今度は一枚のメモを引っ張り出す。

（えっと、ここはやはりツッコミを入れるべきなのでしょうか？　でもエレインさんは真剣な顔をしていますし……）

「これは魔導書の一ページでして、魔力を通すと、このように文字が浮かび上がる仕組みになっています」

エレインさんはそう説明しながら、紙に指を走らせていく。

すると、紙の表面に光の文字が現れ始めた。

「すごい……、魔法に関しては私もかなり詳しいつもりでしたが初めて見ました」

「エルフ族の秘伝なのでご存じないのは無理ないかと……。では、これを成長したハーブに張りつけてっと」

エレインさんは作業を終えると、こちらに向き直った。

「これで準備完了です。あとはこの魔法を発動すれば……」

彼女が魔法名を呟くと、一瞬だけ魔法陣のような模様が現れた。

しかし、すぐに消えてしまい、特に変わった様子は見られない。

「この種の中に新しい魔法が宿ります。食べてみてもらえますか？」

「わ、わかりました」

私はおそるおそるハーブの種子を手に取る。

そのまま口に運んで、噛んでみた。

「うぐっ、味はかなり苦いですね」

「ふふ、まぁ薬みたいなものですから。しかし魔法の種は使用者であるソアラ姐さんに宿りました。……そろそろ呪文が頭に浮かぶのではありませんか？」

「……ええ、そうみたいですね」

私は目を閉じ、呪文をイメージしてみる。

するると、確かに言葉が頭に思い浮かんだのだ。

（お、驚きました。頭の中に前世の記憶が蘇《よみがえ》ったときみたいに、元々その魔法を知っていたかのような感覚です）

「……おそらく、できました」

「それはよかったです。早速発動させてください」

「はい、いきます。身体強化《ギアラ》！」

私が魔法名を唱えると、身体が軽くなるような不思議な感触を覚えた。

「こ、これは……？」

「成功したようですね。少し、外に出て説明しましょう」

エレインさんが嬉しそうな表情を浮かべる。

そして私たちは一緒に彼女の家の外に出た。

「今のは身体能力を強化する魔法です。この魔法を使えば魔力を消費し続けるというデメリットはありますが、スピードもパワーも耐性も飛躍的にアップします」

エレインさんの説明を聞きながら、私は軽くジャンプする。

すると、普段の数倍の高さまで飛び上がったではないか！

さらに全力疾走してみると、かなりの速さで走ることができた。

（……すごいですね。先日、ローラさんから教えていただいた闘気術《バースト》と同じくらい身体能力が強化されています）

まさかお二人から同様に身体強化の術を教えてもらえるなんて、偶然だろうが嬉しいことだ。

「それにしても、なぜこんな素晴らしい魔法を私にプレゼントしてくださったのですか？」

「ふっ、そんなの決まっているじゃないですか」

「……決まっている？　どういうことでしょうか？」

「だって、ローラの奴がなんかソアラ姐さんに技を教えたって自慢してきたんですよ。それが悔しくて、あたしもなにかしてやろうと思ったわけです」

「えっ？　そ、そうだったのですか？　すみません。お気を遣《つか》わせてしまって」

エレインさんの言葉を聞いて、私は申し訳なくなる。

だが、彼女は微笑みながら首を横に振って、私の手を握った。

「どうです？　ローラなんかじゃ、こんなにすごい魔法は教えられないでしょう？　やっぱり、あたしがソアラ姐さんの右腕ですよね!?」

機嫌よさそうな顔をして、エレインさんはそう言った。

（これがローラさんの闘気術《バースト》とほとんど同じ効果ということは、黙っておいたほうがいいんでしょうか……）

それにしても本当に面白い偶然だ。二人が二人とも同じような術をプレゼントしてくださるなんて。

仲があまりよろしくないと思っていたが、案外……二人の波長は合うのかもしれない。

こんな感じでエレインさんとはパーティーが始動するまでの間、魔法談義や修練などを一緒にすることで親睦《しんぼく》を深めた。

そして……一年というのは思ったよりも早く過ぎ去って、ついに私たちは新たな旅立ちの日を迎えたのである。

◇（ゼノン視点）

足手まといであるソアラをパーティーから追い出して、僕たちはすぐに魔王軍の幹部の二人目を討伐しようと、最難関ダンジョンのひとつである氷の魔城へと向かった。

もちろん戦力の増強も行っている。劣等聖女であるソアラの代わりに新たにSランクスキルに覚醒している聖女エリスを加えての冒険だ。

エリスのSランクスキル〝栄光への道《シャイニングロード》〟は超広範囲に渡って最大火力の光属性魔法を放つという、見栄《みば》えも威力も申し分ないスキルだった。

レベルの低いスキルしか持たない劣等聖女であるソアラなんかでは逆立ちをしても真似できない——まさに天賦《てんぷ》の才に恵まれた者のみが持つ特別なスキル。

今回のこの氷の魔城も必ず攻略できるぞ、と僕は確信していたのだが……。

「おいっ！　リルカ！　早く治癒術《ヒール》をかけろ！」

「ええーっ！　今、魔力の回復中～～。エリスさんお願い！」

「わ、わたくしですか？　わたくし、聖女ですが光属性の攻撃魔法に特化してまして、治癒術はあまり得意なほうじゃ……」

「どちらでもよい。某《それがし》も負傷した、このままではやられる……！」

なぜか全滅寸前まで追い詰められていた。

おかしいな。僕らは全員がSランクスキル持ちの世界一のパーティーだというのに。

魔王の幹部どころか、その部下を相手にしてなにを手こずっている……。

「わ、わかったぞ。敵の出現率だ！　出現率が異様に高いんだ！　だからいつもよりもテンポが悪いのだ！」

僕はどうにかこの事態を招いた原因を考えようと頭を捻《ひね》った。

この氷の魔城は、敵の出現頻度が今までに経験したことがないくらいに高い。

だから僕らはなかなか先に進めずに足踏みをしているというわけだ。

「てか、そんなのどうでもいいじゃん。ゼノン、意味のないこと考えてないで、さっさと戦って。はい、治癒術《ヒール》」

「どうでもいいとはなんだ!?　分析は大切なんだぞ！　それに全体治癒術《エクスヒール》はどうした!?　Sラ

ンクスキル使えよ！」

リルカの奴は僕の考察をどうでもいいと切って捨てた。

このスイーツ頭は僕の高尚な考えが理解できんらしい。

つーか、さっきから普通の治癒術《ヒール》ばかり使ってるな。出し惜しみせずにSランクスキルの全体治癒術《エクスヒール》を使えばいいのに……。

「バッカじゃないの!?　魔力足んないに決まってるじゃない！　何回使ったと思ってんのよ！」

「魔力を回復したんじゃないのか……」

「あんな薬でこの私の魔力が全快できるはずないでしょ。それに、お腹タプタプでもう飲めないけどね」

こういうときのために、魔力回復用のレッドポーションを大量に持ってきた。

確かにひとつひとつの回復量は少ないみたいだが、大量に飲めばいくらでも全体治癒術《エクスヒール》が使えると思っていたのだ。違うっぽいな……。

「ついでに言わせてもらおう。そろそろ某の真・魔閃衝撃《ませんしょうげき》も打ち止めだ。生命力を燃やしているからな。治癒術《ヒール》では回復できんのだ」

「そ、そうか。僕の聖炎領域《セントバーナード》と同じ理屈の技だったな。僕の場合は時間制限だが……」

岩山をも粉塵《ふんじん》と化するアーノルドの切り札、真・魔閃衝撃はどうやら闘気という生命力を燃やして操るパワーを使っているらしい。

ということで、アーノルド、そして黙っているけど実は僕もSランクスキルが打ち止めとなってしまった……。

「ぐはっ……！」

「も、もう駄目ですわ……」

「くっ……、馬鹿ゼノン！　なんとかなさい！」

や、ヤバい。このままでは全滅する？

そ、それだけは避けなくては……。

でも、このダンジョンの攻略は大々的に宣言してるし、なんならこの国の国王から莫大《ばくだい》な支援金も貰《もら》ってるし。

「グギュルルラアアア!!」

「ひぃっ！　撤退！　撤退だ！」

「「──っ!?」」

僕は逃げた。

全力で走って逃げ出した。

今回の失敗はなにかの間違いだ。

対策をきちんと立てて再チャレンジすれば問題ない。

そうだ。僕は……僕たちのパーティーはまだ大丈夫だ。


「全っ然大丈夫じゃないじゃない！」

「ここ三カ月で五回の攻略失敗。客観的に見ると無様としか言えん」

「う、うるさいな！　お前らも仲間なんだから責任感じろよ！」

おかしい……。どうしてこうなった？

天才たちの共演とも言うべきスター集団、勇者ゼノンのパーティーがなぜ五回も全滅寸前まで追い込まれて敗走しているのだ？

こ、このままではヤバい。勇者としての信用がガタ落ちして、称号の剝奪《はくだつ》もあり得る。

そうなると、また僕は誰にも相手にされなかったあの頃に逆戻りだ。

せっかくチヤホヤされるために勇者になったというのに。

「しかし、わからん。どうしてこんなに上手《うま》くいかんのだ？」

「あの～～、質問してもよろしいでしょうか？」

「なんだ……？　エリス、僕は今反省会をだな――」

「いえ、ソアラ先輩はいつ復帰なさるのかな、と思いましたの。やはりこのパーティーの要《かなめ》はソアラ先輩ですわ」

「「「――っ!?」」」

エリスの発言で僕たちの時が止まった。

いきなり追放したソアラの名前などが出たから当然だ。

そういえば、この女はまだソアラを追放したことを知らんのだったな。あの女に憧れているとか抜かしたから、勧誘するときに気が変わらぬように黙っていたのだ。

しかし、ソアラの復帰か。まぁ、あんな奴でも慣れないエリスよりも多少は連携が上手く取れていたのかもしれんな。

そういえば、治癒術も使えるし、補助もできて、アタッカーとしてもそこそこ戦える奴だった。

クソッタレ……。あんな奴に頭を下げるのは屈辱的だ。

しかし、しかしだ。このままでは僕は勇者じゃなくなる……。

それだけは絶対に避けねば……。

いや、なにか他に手があるはずだ。諦《あきら》めるな！　ネバーギブアップだ、僕！

しかしそんな僕に一通の手紙が届く。差出人はアルゲニア国王陛下……僕ら勇者パーティーのスポンサー様である。

◇

「勇者ゼノン……面《おもて》を上げよ」

威圧的な声が僕の頭上から響き渡る。

アルゲニア王国の王城──謁見《えっけん》の間《ま》にて僕と三人の仲間は国王陛下から呼び出しを受けた。

氷の魔城攻略に幾度も失敗して、アルゲニア王室の予算をかなり浪費したこともあり、僕のこの国での立場は相当悪くなっているようだ。

こんなはずじゃあなかった。未《いま》だになにが悪かったのかわからない。

Sランクスキルに目覚めし者──〝覚醒者〟だけで組んだ天才のみを集めたパーティー。

こんなにも豪華メンバーを揃えているパーティーは世界中探してもそうそうないだろう。

ひと度、戦場に舞い降りれば魔物たちの大群を一気に殲滅せしめる火力の強さ。

傷ついてもすぐに回復する打たれ強さ。

最高の仲間たちと最高の冒険をしているにもかかわらず、僕たちは氷の魔城に巣食う魔王の幹部に敗北を喫している。

正確に言えば、魔王の幹部と相対することができたのはたったの一度のみで、そのときもまるで戦いにならず大怪我を負って敗走した。

(あの日ほど屈辱だったことはない！)

「どうした？　ゼノンよ、頭を上げよ……」

「も、申し訳ございません。陛下のご期待に添えることも出来ずに僕は──」

「ああ、いいから。いいから。そういうのは聞き飽きたから」

「うぐ……！」

とりあえず反省のポーズを取るため、さらに頭を深く下げて謝罪の言葉を口にすると、陛下はそれを制する。

最初の頃は謝罪すると労《いたわ》ってくれたのだが、既に信用はガタ落ちみたいだ。

「お主《ぬし》らが炎の魔城を攻略したときは、それは気分がよかったものじゃ。近隣諸国の為政者の誰もが大当たりのパーティーを召抱えたと羨ましがっとったからのう」

「……………」

「しかし、この体《てい》たらくを誰が予測できたじゃろうか！　まさか不良債権と呼ばれるほどになるとは！　アルゲニアの恥とまで言われるとは！　誰が予測できたのか⁉　言うてみよ‼」

陛下から発せられるのは叱責。

僕たちは命懸けで戦っているが、結果が伴わないだけで罵倒《ばとう》されてしまうのだ。

ボコボコにやられても諦めずに幾度もチャレンジする精神を一切評価しないなど、陛下も狭量ではないか。

「ここまで何度も失敗を見逃すとは、アルゲニア国王は心が広いですね、と嫌味まで言われたわ！」

「そ、それはさぞご不快だったでしょう」

「当たり前だ！　馬鹿者！」

僕らはただ、ただ、罵《ののし》られる。

まるでサンドバッグのように屈辱の時間が続く。

クソッタレ。……劣等聖女のソアラが羨ましいよ。

僕が追放してやったから、こんな屈辱を受けずに済んだのだからな。忌々《いまいま》しい。

「先日、ジルベルタ国王と会食してな。お前らが追放した、あの聖女――ソアラ・イースフィルの自慢をされたわい！　いい人材を送ってくれてありがとうとな！　近々、正式に彼女のパーティーを召し抱えるとのことだ。ギルドとの契約が切れたらどうとか言っとったわ！」

「「「――っ⁉」」」

（はァァァァァァァァァァァァ⁉）

な、な、なんでソアラが……、あの凡庸で低レベルな力しか持たない劣等聖女がジルベルタ王室に宮仕えすることになっているのだ⁉

嘘だろ？　あり得ぬ。あり得ぬ話だ……。

だって、あの女が宮仕えの身などになったら……僕たちのパーティーと同列のところに自力で上がったことになる。

それどころか僕が勇者の称号を剝奪されれば――あの女よりも下？

この選ばれしエリート勇者である僕が、あの劣等聖女よりも下？

（バカな、バカな、バカな、そんなバカなことってあるかーーーーーーッッッ!!）

自我が保てないよ。そんなことになったら僕は……。

ソアラ以下などという状況だけは到底受け入れられない。

「勇者ゼノンよ。お前らにラストチャンスをやろう。あと、半年じゃ！　あと半年の間に氷の魔城でもなんでもよい！　魔王の幹部を一体でいいから討伐してみよ！　それが叶わぬなら――わかるな？」

「――はっ！　この勇者ゼノン！　この命に代えましても、必ずや陛下のご期待に応《こた》えてみせます!!」

首の皮一枚繋がった……。

なんとか半年の猶予《ゆうよ》を貰《もら》えた――。

そうだ。焦っても仕方ない。今度はこの期間を有効活用して、必ずや魔王の幹部の討伐を成し遂《と》げよう。

よーし、よし。僕はまだ冷静だ……。

どうせ、ソアラに魔王の幹部を撃破するなど無理なのだから。僕はまだまだ格上だ。安心しろ……。

とにかく、ここは仲間たちと意志を統一し、一丸となって目標達成に向かわねば――。

◇

「わたくし、このパーティーを抜けさせてもらいますわ」

「「「──っ⁉」」」

城を出て、開口一番にエリスは栄誉ある勇者のパーティーを抜けたいと言いだした。

ちょっと待ってくれ。ここにきてエリスという戦力が抜けるのは痛すぎるなんてもんじゃない。

「おいおい、エリス。そりゃあないんじゃないか。確かに君が来てから連戦連敗だが、もう少し我慢すれば──」

「我慢ならもうしました！　数え切れないくらい死の恐怖と戦いましたし、辞めたいと思った自分を幾度も奮起させましたわ！」

「うっ……！」

エリスはそのギラギラと光るサファイアのような青い瞳で僕の顔を睨みながら大声を出した。

まさか、ここでこんな泣きごとを聞かされるとは──。

王室の血を引く貴族のお嬢様には、パーティーでの戦いは少しだけ厳しかったらしい。

「だがなぁ、エリス。よく聞いてくれ……」

「嘘つき！」

「へっ……？」

僕がエリスに弁明をしようとすると、彼女は大声で僕を嘘つき呼ばわりした。

なんのことだ？　嘘つきとは穏やかじゃないが……。

「ソアラ先輩のことですわ！　いつか帰ってくる。彼女は身体の調子が悪いから敢《あ》えてギルドで楽な仕事をしながらリハビリさせている。そんなことをわたくしには説明していましたのに！」

「ええーっと、それはだなぁ」

あー、しまった。そういえば、エリスってソアラのことを慕ってこのパーティーに入ったんだっけな。

国王陛下の言葉を聞いて、あの女が永久にここには戻らないことに気づいてしまったのか。

面倒なことを言いやがって。どうやって、誤魔化そうか。

「本当は追放されていたんですね!?　リハビリ中の方がジルベルタ王室に宮仕えなさるはずがないじゃありませんか！」

「だから、誤解だって。痛っ――!?」

「人を小馬鹿にするのも大概《たいがい》にしてくださいまし！」

僕は思いっきり頬を叩かれて――エリスは最近修得してくれて逃げることが楽になった

〝空間移動魔法《テレポーテーション》〟を使って消えてしまう。

う、嘘だろ？　貴重な〝覚醒者〟が一人減るなんて――。

あと、半年で魔王の幹部を倒せなかったら、僕は勇者じゃなくなるのに……。

悪夢だ……、ゆ、夢なら覚めてくれ。

「ねぇ、ゼノン。いっそのことソアラに戻ってきてもらったら？」

「はぁ？　あいつはジルベルタ王国の――」

「召し抱えるのはまだ先でしょ？　さっさと謝っちゃって、また仲間になってくれるように頼むのよ。あんた、幼馴染みなんでしょ？」

リルカの奴、簡単に謝るとか言ってくれる。

この僕が劣等聖女であるソアラに頭を下げろ、だとぉ!?　そんなことできるはずがないじゃあないか。

「某《それがし》もリルカに賛成だ。恥ならもう十分に晒《さら》した。ソアラに頭を下げて謝罪するなどなんでもない」

「お前ら！　プライドってものがないのかよ！　……絶対に嫌だ！　氷の魔城は必ず攻略できるように方法は考える！　待っていろ！」

僕は二人の言葉に憤《いきどお》りを感じつつ、部屋に戻った。

ったく、逃げ出したエリスはもちろんだが、リルカもアーノルドも情けない。

とにかく仲間だ。新たな即戦力を加えて……、僕はこれからどうすれば逆転できるのかに思いを馳せた。

◇

さぁ、やってきたぞ。今日は逆転の狼煙《のろし》を上げる日。

僕が勝利の雄叫《おたけ》びを上げ、勇者としての確固たる地位を死守した日となるのだ。

――最難関ダンジョン・氷の魔城。

この僕、勇者ゼノンのパーティーは、ここで初めての敗北を喫した。

世界中から貴重なSランクスキルに覚醒した者たちを集めた究極のスター集団である僕たちが、幾度となく全滅に追い込まれたのである。

おかげで、以前に炎の魔城を攻略した際に〝最も魔王討伐に近いパーティー〟というような名声を博したが、それが過去の栄光となり、今は勇者の称号剝奪寸前となってしまっていた。

敗北し続けた理由――それを見つけるのは簡単だった。聖女エリスのせいである。

あの女、Sランクスキルに覚醒した選ばれし者だったはずなのに、平凡で低レベルなスキルしか持たぬソアラなどに憧れを抱いてるとか常日頃から言っていた。

よく考えたら、それだけで知能が足りない馬鹿女ってことが証明できる。

（だって、普通に考えたらさー、憧れるのは僕でしょう？）

顔も頭もいいし、強いし、Sランクスキル持ちだし、それに僕は勇者だよ？

見る目がない女の本性に気づかずに、当てにしていたことが、背中を預けたことが、まず間違いだった。

とはいえ、だ。三人で氷の魔城を攻略するのはちょっと厳しい。

なので僕は、アルゲニア国王から期限を切られたにもかかわらず、まずは仲間探しから始めた。

こういうときにこそ、冷静じゃなきゃな。そこが僕と凡人どもの違いだ。

今度はSランクスキル持ちで、さらに僕のことを尊敬してる人間を探さなくては――。

「ウィーッス、ゼノン先輩！　メロンパン買ってきやした！　いやー、メロンパンってすごいっすね。メロン入ってねーのに、メロンパンって言うらしいんすよ。ヤバくねぇっすか？　いちごミルクにいちご入ってなかったら、オレぶちまかしに行きますからね」

そして、仲間にしたのがこのマルサスだ。

この男、Sランクスキルに覚醒したというのに、フリーターなどをやっている変わり者であった。

勇者である僕のことを尊敬してるみたいなのだ。

だから、こうやって僕のために自らメロンパンを買ってきてくれた。まぁ、頼んだのはカレーパンであるが……。

「ねぇ、ゼノンン。あいつみたいなので本当にいいの？　あいつ、初対面で私の胸を触ってきたんだけど」

「お前が露出度の高い服を着てるからだろうが。いつも注意してるのに聞かないお前が悪い」

「某の楽しみにしていたチョコレートを勝手に食べた……」

「菓子くらいで大の男がみっともない顔するな！」

ったく、リルカもアーノルドも弛《たる》んでる。このマルサスはSランクスキル、〃バーサクゾーン〃という超戦闘力アップが可能なスキルを持っているのだ。

噂によると、たった一人であの強力なビッグドラゴンの群れを全滅させたのだとか。

これはエリスにもできない芸当だ。ヒーラーはリルカ頼りになるが、そもそもエリスは聖女のクセに治癒術《ヒール》は下手《へた》くそだったからな。

僕たちのパーティーはこれで確実にパワーアップしたはずだ。

「うっひょーーーー、あの雲、カニみてぇな形してるぜー！　ハンパねー!!」

「「…………」」

なんだ、なんだ、リルカもアーノルドも不安そうな顔で僕の方を見るな。

パーティーの強さってのは才能と火力なんだ。

今、この瞬間に最強のパーティーが出来上がったんだぞ。

（それに……あの男を見つけるために約束の半年のほとんどを消化してしまったんだ。もうあとには退《ひ》けない）

安心しろ、今度こそあの憎き氷の魔城を攻略してやるっ――――!!

◇

「ギャハハハハハハハハハハッッッッ――――!!」

す、すごい……、なんて凄まじい力なんだ……！

僕の目の前で衝撃の光景が繰り広げられていた。

氷の魔城に入って最深部の一歩手前にて案の定ジリ貧になってきた僕たちだったが、ここにきて新メンバーのマルサスが本領を発揮した。

Sランクスキル――バーサクゾーンの凄まじい力に僕は驚愕している。

アイスゴーレムやブリザードスネークなどの氷の魔城で出現する、厄介な上に強力な魔物たちが次々と蹂躙《じゅうりん》されていく。

もう、「全部あいつに任せたらいいんじゃないか？」ってくらいの活躍ぶりである。

まぁ、ひとつだけ問題点を挙げるとしたら――。

「はぁ、はぁ……、私たちにまで攻撃してくるじゃないのよ！　頭《あつたま》おかしいわよ！　あいっ！」

「斬るわけにいかない分、魔物よりも厄介だ……」

そう、バーサクゾーンを使うと、マルサスはアホみたいに強くなるけど、アホになった。

いやはや、計算外である。まさか、敵味方の判別がつかなくなるとは――。

「ゲギャギャギャギャギャギャギャ！　ギャハーーーーーーーーーッ！」

僕たちはマルサスに思いきり殴られたり蹴られたりして、大ダメージを負う。

おかげでリルカが無駄に治癒術《ヒール》を使う羽目になり、彼女の機嫌がすこぶる悪い。

魔力回復アイテムも底をつき、僕らも傷だらけで体力もあまりない。

このままでは、味方であるマルサスにパーティーが全滅させられる。

撤退するか？　そう思ったとき――。

「ガハハハハハハッ――、ガハッ……？」

マルサスの動きが止まった。

よかったー、聞いてた制限時間よりも随分と早かったが、どうやら力を使い果たしたらしい。

ん？　それにしても、なにかおかしいぞ……。

「こ、凍ってるぞ！　うっ……！」

「な、なんですって!?　きゃあっ!?」

突如として氷漬けになるリルカとアーノルド。

空間呪法によるトラップか!? マルサスに気を取られて感づかなかった。

「何度も何度もご苦労なことじゃ。さすがの妾《わらわ》も飽きてしもうたので、な。罠《わな》を張ることにした。わざと逃がす戯《たわむ》れも、もう終わりにしようと思うてのう」

「お、お前は氷の女王ケルフィテレサ！」

まさか、ターゲットの方から赴《おもむ》いてくれるとは思わなかった。

こいつさえ倒せば僕の栄光は蘇るのだ。

仲間は凍ってしまったが、僕がこいつを倒せば問題ない。

「聖炎領域《セントバーナード》ッッッ!!」

僕は懸命に戦った。

一人でも、力尽きそうになっていても、奇跡ってやつが僕に味方してくれると信じて。

そして、僕は――。

「下らぬ。他愛もないことこの上ない」

気づけば、氷の中に閉じ込められていた。

う、動けない。そして寒い、寒い、寒い……。

(ほ、本当にし、死んでしまう)

こんな惨《みじ》めな死に方ってあるか？ 僕は勇者だぞ。

こんな屈辱ってあるか？ 諦めずに頑張り続けたのに。いったい、なにが間違っていたというのだ？

身体中が凍傷でもう痛いという感覚がない。このまま死ねば、僕は勇者として三流だったと笑われてしまう。

惨めだよ……、本当に惨めだ……。

（クソッ、クソッ、クソッ、クソッ！）

第三章 ◆「これが私のパーティーです」

Banno Skill no Retto Seijo

「いよいよこの日がやってきましたね！　姐《ねえ》さん！」

「エレインさん、随分《ずいぶん》と気合いが入っていますね」

私たちはギルドの正門前で、これからの未来への期待を胸に抱いていた。

「私もこの日を待ちわびていた。今日から私たちは正式にパーティーを組むことになったのだからな」

「ソアラ様～！　手続きはきちんと済ませておきました～！」

「ご苦労さまです。ルミアさん」

ローラさんとルミアさんも気合いは十分。

そう。今日で私とこちらのギルドの契約は満期を迎え……四人で新たにパーティーを結成して、冒険者として活動することになったのだ。

「……それにしても驚きました。あのジルベルタ王宮が私たちのパーティーを召し抱えたいと打診《だしん》をしてこられるなんて……」

「……ソアラ姐さんの実績を考えたら当たり前のことですよ！　多分、他の王宮も将来有望なパーティーを取られて悔しがっていると思います！」

「それは大げさではないでしょうか？　エレインさん」

なんと私たちはジルベルタ王国から宮廷所属のパーティーにならないかと直々《じきじき》に勧誘を受けたのだ。

しかも契約料として、かなりの金額を用意してくれるとのこと。

これにはさすがに驚いたが、断る理由もない。

ルミアさんが滞《とどこお》りなく事務手続きをしてくれて……私たちは晴れて宮廷所属のパーティーとなったというわけなのだ。

「では、我々がこれから向かうところはジルベルタ王都になるのだな？」

「いえ、王宮へのご挨拶《あいさつ》は最初に引き受けた仕事が済んでから、となります」

ローラさんの質問に私は答える。

今回、私が受けた依頼は……辺境の修道院で修行をしているというジルベルタ王女の護衛。

なんでも、彼女を王宮へと連れ戻したいが、最近辺境に魔物が増えているので安全を確保するために腕が確かな護衛が必要となったそうだ。

そこで白羽の矢が立ったのが、私たちである。これが私たちのパーティーとしての初仕事だ。

「まずは隣国、アスタリア王国との国境沿い……辺境の修道院に向かうことになります。道中も魔物たちが出現して、それなりに危険な道のりになると思いますが……」

「まぁ、あたしたちならどんな強敵が現れても大丈夫ですね！」

「うむ、そうだな。腕が鳴るぞ」

「ソアラさん、頑張りましょう～」

三人はやる気に満ち溢《あふ》れている。士気は十分……仲間たちの力は申し分ない。

(だからこそ私のリーダーとしての資質が試されるんですよね)

緊張はしている。でも、これはいい意味での緊張だ。

彼女たちとなら……以前のパーティーでは見つからなかった大切なモノを手に入れることができるかもしれない。

「それでは、参りましょうか」

私たちは意気揚々《ようよう》と歩きだす。

こうして、私の新しいパーティー生活が始まった。

◆

「ここが、その修道院ですか？」

「はい、そうです」

私たちはジルベルタ王国の国境沿いに存在する、とある小さな村に到着した。

この村の外れにある古ぼけた建物こそが目的地の修道院である。

(皆さんのスペックが高いおかげで、簡単にここまでくることができました)

ここまでの道中、幾度となく魔物と遭遇した。しかし、私たちは難なくそれを撃退してきた。

特にエレインさんとローラさんの活躍には目を見張るものがあった。

ローラさんは剣を振るえば一撃で巨大な魔獣をも仕留め、エレインさんも魔法を唱えれば一瞬にして何体もの敵を焼き尽くす。

まさに規格外の戦闘力を持っていた。

ルミアさんもサポート役としては完璧だった。

回復薬や補助アイテムを的確に使いこなし、さらには近距離での肉弾戦まで臨機応変に対応する。

宿の手配や食料品の買いつけなど無尽蔵《むじんぞう》の体力を活《い》かして走り回る彼女は、私たちのパーティーの縁の下の力持ちとも言えた。

そんな感じで北端のギルドを出てからあっという間に三日が経過して、私たちは無事に目的の場所に辿り着いたのである。

「おぉ、やっぱりあんたが噂の聖女様かい。よく来たねぇ。……ソアラ」

(んっ?　この声は……まさか?)

私は修道院の中から聞こえてきた懐《なつ》かしい声に反応した。

「……お久しぶりです。シスター・ナターリア」

「王宮から聖女が遣《つか》わされてくるって聞いていたから、あんたじゃないかと思っていたよ。懐かしいねぇ。あんたがここを出てもう三年か」

「えっ？　姐さん、こちらに住んでいたんですか？」

エレインさんがびっくりしたような顔で私を見る。

「ええ、そうです。ゼノンさんがくるまで、私はこちらの修道院でお世話になっていました」

「なるほど。そういえば、以前に辺境の教会で聖女としての天啓《てんけい》を受けたと言っていたな」

「はい」

ローラさんの言葉に私は頷《うなず》く。

「そういうことだったんですね〜。それで、この修道院にソアラ様の知り合いがいたんですか〜」

「シスターにはお世話になっておりました。……まさかこうしてパーティーとしての最初のお仕事でここを訪れるとは思いませんでしたけど」

「ソアラ、あんたと積もる話もしたいけどさ。大事な仕事があるんだろ？　こっちに来ておくれ」

「ええ、よろしくお願いします」

私たちはシスターに案内されて建物の中に入る。

するとそこには一人の少女の姿があった。おそらく彼女がジルベルタ王女だろう。

ジルベルタ王国の王族特有の青い髪と青い瞳を持っている。年の頃は十五歳くらいだろうか。

シスターと同じく修道服を着ていて、とても穏やかな表情をしていた。

「ようこそおいでくださいました。ジルベルタ王国第三王女、リディアーヌ・ジルベルタと申します」

「ソアラ・イースフィルと申します。今回、王女殿下の護衛を担当させていただくパーティーのリーダーを務めております」

「まぁ、あなた方が護衛をしてくださるのですね。それは心強い限りですわ」

「ご期待に添えるよう全力を尽くさせていただきます」

私は丁寧《ていねい》に頭を下げる。

王女殿下という高貴な方と直接お会いするなんて初めての経験で、私はこれまでになく緊張していた。

「うふふ、そこまで気を遣わなくても大丈夫です。これからしばらくともに旅をするのですから、もっと気軽に接してくれて結構ですよ」

「は、はい……」

（さすがに不敬が過ぎるのではないでしょうか……？）

内心の動揺を悟られないように平静を装いながら、そんなことを考える。

ジルベルタ王国の王宮に仕《つか》えるということは、この国の中枢《ちゅうすう》に関わることを意味する。

いくら護衛の仕事とはいえ、王族に対して馴れ馴れしく接するわけにもいかないのだ。

(それにしても、本当にきれいな人ですね……)

ジルベルタ王国の第三王女、リディアーヌ・ジルベルタ殿下は美しい少女だった。

年齢は私よりもいくつか下のはずなのに、その振る舞いは洗練されていて落ち着きがあり、思わず見惚《みと》れてしまうほどの美貌の持ち主だ。

私は緊張しながらも、彼女の姿をまじまじと見つめてしまった。

「あら、どうしましたか？」

「い、いえ、なんでもありません」

思わず見惚れていたなどと王女に言うことなどできるはずもなく、私は慌てて誤魔化す。

しかし動揺しすぎて声が裏返ってしまった。

「うふふ、ソアラさんは照れ屋さんなんですね。可愛いです」

「きょ、恐縮です。……それでは殿下。さっそくで申し訳ありませんが、これから王都まで向かうにあたって、いくつかの注意事項を確認したいと思いますのでよろしいですか？」

「ええ、もちろんです」

楽しそうに微笑むリディアーヌ殿下にどうしても緊張してしまうが、仕事はきちんとこなさねば……。

私たちはリディアーヌ殿下との打ち合わせをして、用意しておいた馬車に乗ってもらう。

(辺境から王都までの道中……、絶対に彼女に傷ひとつ負わせないようにしなくてはなりませんね)

「ソアラ、今度はプライベートで遊びにきなさい。……成長したあんたの姿が見られてよかった。風邪、ひくんじゃあないよ」

「シスター、ありがとうございます。皆さん、それでは行きましょう」

シスターに挨拶をした私は手綱《たづな》を握り、馬を走らせる。

こうして、私たちのリディアーヌ殿下の護衛任務が始まった。

◆

ジルベルタ王国の国境沿いを南下すること数日。

王都まであと少しの地点まで辿り着いた。

ここまでの道のりは特に問題もなく順調である。

魔物に襲われることはあったが、それも難なく撃退することができた。

「ソアラ様、見えてきましたよ～」

ルミアさんの声を聞いて前に目を向けると、遠くに高い城壁に囲まれた街が見えてきた。

「あれが王都、オルセードの街か」

「はい、そのとおりです」

ローラさんの呟《つぶや》きに私は答える。

「うぅ……ついに到着してしまいましたね～。王女様、もうすぐ帰ることができますよ～」

ルミアさんはそう言ってリディアーヌ殿下に話しかける。

しかし、彼女はなぜか浮かない顔をしていた。

「あの……、殿下。なにかありましたか？」

「い、いえ、別になにもないです。ちょっと疲れただけですから」

そう言うものの、やはり殿下の表情はどこか暗い。

私は心配になって声をかける。

「リディアーヌ殿下、もしなにかあるのなら遠慮せずに仰《おつしや》ってください。些細《ささい》なことでも構いませんので」

「…………」

リディアーヌ殿下はしばらく黙ったあと、意を決したように口を開いた。

「実は……、ここ最近毎日のように悪夢を見ていまして。王都までの道中に怖いことが起きるという同じ内容の夢なんですが……」

「……どのような夢なのでしょうか？　差し支えなければ教えてください」

「私が……、誰かに殺される夢です。場所は決まって王都に向かう道中なんですけど、そこで私は何者かに殺されてしまいます」

不安そうな声で話す殿下。

そんな夢を連日見ていたら気が滅入《めい》ってしまうだろう。

「だけど姫さん。たかが夢でしょう？　実際、ここまで無事なんだし気にすることはないと思うぞ」

「エレインさん……！」

「いえ、エレインさんの仰るとおり、私の見る夢が普通の夢ならば気にしなくてもよかったのです。……ですが、私は予知夢を見ることができるのです。だから、おそらくこれはただの夢ではありません」

「予知夢、ですか～？」

「はい。私は昔から未来の出来事について鮮明に見えることがあるのです。それに今朝見た夢はこれまでで一番はっきりしたものでしたので、きっとこれから起こる出来事なのだと思います」

リディアーヌ殿下の言葉を聞いた私たちは顔を見合わせる。

どうやら、このまま無事に王都に辿り着けるというわけにはいかなさそうだ。

「そもそも王宮に呼び戻された理由は、魔王軍との戦いに備えて私の予知夢を役立ててほしいということだったのです。そして、今回の護衛任務はその予知夢のとおりに進んでいます」

殿下の話を聞いた私と仲間たちは、しばらく言葉を失っていた。

まさか今になって、これほど重大な話を聞かされることになるんて……。

「リディアーヌ殿、その予知夢の話……なぜ今まで黙っておられたのです？　話していただければここまでの道中もそれなりに警戒できたのですが……」

ローラさんは怪《あや》しむような視線をリディアーヌ殿下に向ける。

確かに彼女の言っていることはもっともだ。

事前に予知夢の内容を知っていたのであれば、もう少し安全に旅を進めることができたかもしれない。

しかし、殿下は首を横に振った。

「すみません。そもそも予知夢の話は国家機密なのです。このことは誰にも明かさないつもりでした。……ですが、日増しに予知夢の詳細が明確になってきて黙っていることができなくなってしまったのです」

（そういうことでしたか）

予知夢の話が本当ならばジルベルタ王国にとって、リディアーヌ殿下は重要な存在だ。

もしも彼女の身になにかあれば、国の存亡に関わるかもしれない。

そのためジルベルタ王国の上層部は、彼女が王都から戻ってくるまでの間だけでも護衛をつけようと考えたのだろう。

(でも、今……最も重要なのは――)

「予知夢どおりならば……これからなにか危険なことが殿下の身に起きるかもしれません。ですが、私は護衛として全力で殿下をお守りします。改めて申しますが、どうかご安心ください」

私は強い意志を込めてリディアーヌ殿下に語りかける。

すると、彼女は嬉しそうに微笑んだ。

「ありがとうございます。ソアラさんのような頼れる人が護衛についてくださって本当に心強く思います」

殿下の笑顔を見た私はホッとする。……しかし、すぐに気を引き締めて前方を見据える。

――王都まであと少し。油断はできない。

ここから先は、どんな危険があるのかわからないのだ。

私たちは改めて周囲の気配を探りながら、慎重に王都へと進んでいくのであった。

(この気配!?　やはりリディアーヌ殿下の予知夢は本当だったんですね)

そして、そのときはやってきた。私たちは王都の手前にある森に差し掛かったところで馬車を止める。

「皆さん、止まってください！　何者かが私たちを狙っている可能性があります！」

私は声をあげて皆に注意を促《うなが》す。

すると、それに反応するように茂みの奥から複数の人影が現れた。

「ほう、我らの存在に気づくとはなかなかやるではないか」

現れた集団のリーダーと思われる男が感嘆の声をあげる。

その男は全身黒ずくめの格好をしており、目元だけを露出した覆面をしていた。

「あなたたちは何者です？　どうしてリディアーヌ殿下を狙うのですか？」

私がそう尋《たず》ねると、男はニヤッと笑う。

このプレッシャー、この人たち……相当強い。何者だろう？

「目的は未来予知ができるという王女の命だよ。まあ、お前たちが邪魔をするのなら力ずくで排除させてもらうがな」

「なぜ、貴様らはリディアーヌ殿の予知能力のことを知っている!?」

「ふふ、魔王様はなんでも知っているの。ねぇ？　お兄様」

ローラさんの質問に答えたのはリーダー格の男ではなく、その隣にいた小柄な少女だった。

年の頃は十歳くらいだろうか？　紫色の長い髪をした可愛らしい女の子である。

そんな彼女を見て私は思わず息を飲む。なぜならば、彼女の身体の周囲には禍々《まがまが》しいオーラのようなものが漂っていたからだ。

（魔力も高いですがそれだけではありません。なにやら不気味な得体《えたい》のしれない気配がしま

す）

おそらくは魔族。隣のリーダー格の男もそうだと考えるのが妥当《だとう》だろう。

魔族と出会うのは、ゼノンさんのパーティーで魔王軍の幹部と戦ったとき以来である。

「ねぇ、お姉ちゃんたち。私の名前はアストっていうの。よろしくね」

「あ、あの人たち普通じゃありませんよ～」

「ルミア、落ち着け！　魔族はあたしらエルフ族と同じで高い魔力を持っている。動揺して隙《すき》を見せると魔法でやられるぞ」

怯《おび》えた様子を見せたルミアさんをエレインさんが叱咤《しった》する。

エレインさんの言葉を聞いてハッとした表情を浮かべるルミアさん。どうやら冷静さを取り戻したようだ。

（さすがエレインさん、強敵と対峙《たいじ》しても落ち着いています）

「ふん、小娘どもめ。俺の名はベリル。いずれは魔王軍の幹部となる男だ」

リーダー格の男は魔王軍の幹部候補らしい。

後ろにいるのは普通の人間たちに見えるが、操られているのか目が虚《うつ》ろだ……。

「その王女様を置いていくなら生かしてやるが、どうする？」

ベリルと名乗った男は手に魔力を込め始める。

彼の言葉を聞いた私と仲間たちは顔を見合わせ、戦闘態勢を取った。

「断る。我々にはリディアーヌ殿を守る義務があるのだ。貴様が何者だろうと関係ない」

「そうですね～。私たちは冒険者として依頼をこなすためにここに来ましたから～。任務を放棄することはできません～」

ローラさんとルミアさんはリディアーヌ殿下を守るために戦うことを宣言する。

もちろん、私とエレインさんも同感だ。

「ふっ、ならば見せてもらおうか。王女様の護衛とやらの力を！　おい！　野郎ども！　あの女たちをやってしまえ！」

「「「おおー!!」」」

こうして、私とリディアーヌ殿下を乗せた馬車は、予知夢と同様に刺客《しかく》たちに襲われるのであった。

（この先は予知夢と同じ結果にはさせませんけどね）

「炎蛇《フレアスネイク》！」

先手を取ったのは、パーティーメンバーの中で一番高い魔力を持つエレインさんだ。

彼女は炎系の上級魔法を放ち、複数の火の大蛇を生み出して攻撃を開始する。

「がはっ！」

「うわあああっ!?」

襲いかかってきた男たちが、火の大蛇によって瞬《また》く間《ま》に燃やされていく。

「なに⁉　いきなり上級魔法だと⁉　あの女、エルフ族とか言っていたが、かなりの使い手だな」

予想外の出来事に驚くベリル。

しかし、彼はすぐさま剣を抜いて、こちらに向かってくる。

「エレインさん、ローラさん、彼らは人間です。ベリルとやらに操られている可能性がありますので、殺さぬように注意してください」

「姐さん、わかっていますよ！　加減していますから！」

「うむ。私も承知している」

ベリルとやらの剣を受けようと前に出た私は、エレインさんとローラさんにやりすぎぬように指示を出す。

「俺を相手にしてよそ見をしていて大丈夫なのか？」

「お気遣いどうも。……ですが、同時に色々なことをするのは慣れていますから」

私は剣を振り下ろすベリルの攻撃を自《みずか》らの剣で受け止める。

そして、そのまま力を込めて押し返した。

「くっ、なかなかやるじゃないか。だが、この程度の力では俺は倒せんぞ」

「それはどうでしょう？　あなたは私たちのことを甘く見ているようですが……氷矢《アイスアロー》！　炎槍《フレアランス》！」

「なんだと!?」

剣で打ち合いながら、私は二つの魔法を同時に発動させる。

すると、空中に出現した二本の氷の矢と三本の炎の槍《やり》が勢いよく飛んでいき、それぞれ違う方向から彼を襲った。

「ぐあぁ!?」

突然のことに反応できなかったベリルはそのまま攻撃を喰らう。

「まだです！　雷雨《ライトニングレイン》！」

「な、なめるな！　我が身に宿りし闇の力よ、今こそ目覚めん！」

私が放った雷の雨にベリルは必死の形相《ぎょうそう》で対抗する。

彼がそう叫ぶと同時に、ベリルの身体から黒い霧《きり》のようなものが発生した。

「これは闇属性の防御魔法ですか……」

「ははは っ!!　俺の身体に傷をつけることはできん！」

私の剣を腕で受け止めて一滴の血も流さないベリル。

どうやら魔法と物理、双方の攻撃に耐性があるようだ。

「さあ、次はこちらの番だ！　喰らえ！」

「きゃっ!?」

今度は私に向けて闇の魔力の塊《かたまり》を放つベリル。

咄嗟《とっさ》に身をかわした私だったが、完全に避けきれずに頬をかすってしまう。

（まさかこれほどとは……。予想以上の実力ですね）

背後で大爆発が起こり、まともに受ければタダでは済まないと確信する。

「ほらほら、どんどんいくぜぇ！」

ベリルは続けて攻撃を繰り出してくる。

次々に放たれる魔力の弾丸を私はなんとか避けていく。

「王女様！　いいのかい!?　このままだと、あんたのせいで人が死ぬぜ!?」

「くっ……、わ、私が命を差し出せば……、でも……」

劣勢に立たされる私を見て、勝ち誇った表情を浮かべるベリル。

そんな彼に対してリディアーヌ殿下は悔しそうな顔をして唇を噛んだ。

「心配しないでください、リディアーヌ殿下。必ず守り抜きます」

「そ、ソアラさん？」

私はリディアーヌ殿下を安心させるために笑顔を見せると、再びベリルに向かって駆けだした。

「ローラさん、あなたに教わった技を使わせていただきます。闘気術《バースト》……！」

私はローラさんに以前教わった、気を放出させることで飛躍的に身体能力を強化する術を使った。

「くくっ、なんだ？　その光は……。そんなものでこの俺にダメージを与えられるつもりか？」

「ええ、そのつもりです。覚悟してください！」

一瞬にして距離を詰めた私は、ベリルの腹目掛けて拳を突き出す。

「がはっ⁉」

私の攻撃を受けて吹き飛ぶベリル。

しかし、彼はすぐに体勢を立て直すと、怒りの形相で剣を振るってくる。

「ふざけるなよ、人間が！　パワーが多少上がったとて、貴様ごときにこの俺が負けるか！」

「今の私はスピードも強化されています！」

「なんだと⁉」

素早い動きで剣をかわしながら、隙を見つけては攻撃を繰り返す。

しかし、ベリルもまた剣の腕はかなりのものだった。

「ちぃ！　ちょこまかと！」

「まだまだこれからですよ！」

「調子に乗るなよ、人間！」

ここは複数の魔法で陽動して、急所に一撃を入れるのがベストでしょうか……。

私はそう判断して魔法を発動させる準備をする。

「無駄だ！　どんな魔法を使おうとも、俺は倒せんぞ！」

「さぁ、そうとは限りませんよ？　氷柱《アイスニードル》！　炎槍《フレアランス》！　雷雨《ライトニングレイン》！」

私が魔法を唱えると、空中に出現した三種類の魔法が一斉にベリルを襲う。

「ぐぐっ、この俺がこんな初級魔法などに……！」

狙いどおりベリルは少し怯《ひる》んで、後ろに下がった。

「今です！　ローラさん！」

「任せろ！　うおおぉ!!」

私は後ろから近づいてきていたローラさんの方を向く。

そして、彼女は私の指示に従って剣を振りかぶると、ベリルに向かって思いっきり切り下ろした。

「ぐあぁぁ!?」

ローラさんの渾身《こんしん》の攻撃によって地面に叩きつけられるベリル。

「ローラさん、ありがとうございます！」

私はジャンプして剣を上段に構える。闘気術《バースト》は体力の消耗が著《いちじる》しい。

渾身の一撃を放つことができるのはこれで最後だろう。

「こ、こんな人間に……！　この俺が……」

「終わりです！」

驚愕の表情を浮かべるベリルに私は容赦なく剣を振り下ろす。

——ズシャッっと、嫌な音を立てて私の斬撃を受けたベリルの身体は二つに分かたれ、そのまま地面へと倒れた。

「なんとか勝てました……」

私は剣についた血を払うと、ホッと息をつく。

「やりましたね、ローラさん」

「私は少し手助けしたまでだ。しかし、闘気術《バースト》を短期間で使いこなせるようになるとは……恐れ入ったよ」

お互いに健闘を称《たた》え合う私とローラさん。

エレインさんとルミアさんは、他の男たちやあの少女を相手にしていたはずですが……。

「姐さん！　こっちは終わりました！」

「あのアストという女の子は逃げちゃいましたけど〜」

どうやら向こうも決着がついたようですね。

ルミアさんの話によるとベリルが死んでしまって、虚ろな顔をしていた男たちはバタバタと倒れて気絶してしまったらしい。

やはり彼に操られていたようだ。

そして、あのアストという少女もリーダーが負けたのを見ると、空中に浮遊していなくなったとのこと。

「ソアラさん！　あなたの戦いぶり……とても素敵でした。私……感動してしまって……」

リディアーヌ殿下は瞳を潤《うる》ませながら私の手を取ると、熱っぽい視線を送ってくる。

「そ、そんな……。大げさですよ」

「いえ、そんなことはありません。ソアラさんは予知夢による私の暗い未来を打ち破ってくださったのです。本当に素晴らしい方だと思います」

そういえば私は漠然《ばくぜん》と未来は変えられると思っていた。

しかしリディアーヌ殿下にとって、それは大きなことのようだ。

「それで……、その……、もしよろしかったらお友達になってくださいませんか？」

「えっ!?　わ、私がですか？」

「はい。ソアラさんさえ良ければ……ぜひお願いします！」

殿下の言葉に戸惑《とまど》う私。

まさかいきなり友達になどと言われるとは思ってもみなかった。

なんというか、すごく畏《おそ》れ多い……。

そんな私の気持ちとは裏腹に、リディアーヌ殿下はとても嬉しそうだ。

「ふむ。いいんじゃないか？　せっかくの申し出なんだ。我々はジルベルタ王宮に召し抱えられるのだから、王族とは懇意《こんい》にしとくべきだろう」

「ローラさん？　そ、それはそうですが……」

確かにローラさんの言うとおりかもしれない。

私は少し考え込んでしまうが、すぐに答えを出した。

「わかりました。では、よろしくお願いいたします。殿下」

「ふふ、こちらこそ、よろしくお願いいたしますね。ソアラさん」

差し出した手を握るリディアーヌ殿下。その手はひんやりとしていたが、心の中が温かくなるような気がする。

こうして私はなぜか、リディアーヌ殿下とお友達になることになった。

さて……それはともかく、いよいよ王都に入ることができる。

王宮に殿下を送り届ければ、私たちの初仕事は終了だ。

「それでは行きますよ～。いざ王都へ～！」

ルミアさんの掛け声とともに馬車は走りだす。そして、それから数時間後……。

「ようやく着きましたね。ここが王都ですか……」

「ええ、そうですよ。ここは我が国の王都、オルセードです！」

ついに辿り着いた王都を眺めて感慨深い気持ちになっていると、リディアーヌ殿下が返事をしてくれた。

「それでは王宮に向かいましょう。きっとリディアーヌ殿下の到着を皆様が待ちわびておいででしょうから」

「はい、わかりました！」

私はリディアーヌ殿下に案内されて、ジルベルタ王宮へと向かった。

◆

「おお！　あれが噂の聖女殿ですな！」

「とてもお強いとは聞いておりましたが……まさかこれほどまでにお美しいとは！」

「さすがは王国の至宝と呼ばれるだけはある！」

「うぅ……恥ずかしいです……」

王宮の中に入ると、大勢の方々が私たちを迎えてくれた。

殿下はさすがに慣れているようで平然としていたが、私は居心地が悪くて仕方ない。

私はなるべく目立たぬように端っこの方に移動しようとしたが、すぐに色んな人たちに囲まれてしまった。

しかも、なぜか握手を求められたり、サインを求められたり……。

こんなことになるなら、もっと地味な服装をしてくるべきだった。

「あなたたち、ソアラさんたちはお疲れです。あまり困らせないようにしてください」

「り、リディアーヌ殿下、これは申し訳ない」

「聖女様にはご不快な思いをさせてしまい、誠に申し訳ありません」

リディアーヌ殿下の鶴《つる》の一声で周囲の人たちはおとなしくなる。

ふぅ、よかった。本当に助かった……。

「リディアーヌ殿下、陛下がお待ちです。……ソアラ殿たちには明日謁見《えっけん》していただきたく存じ上げますが、いかがでしょうか？」

「もちろん陛下がそうお望みでしたら我々にお断りをする理由はありません」

「ありがとうございます。では、明日の正午にまた来ていただけると幸いです」

「わかりました。それでは失礼させていただきます」

リディアーヌ殿下は王様に会いに行くようだ。

つまりこれで私たちは最初の依頼を達成したということだ。

仲間たちの顔を見ると、皆さんも満足そうな表情をしている。

(魔族と遭遇するイレギュラーはありましたが、頼りになる仲間たちのおかげで無事にここまで辿り着けましたね)

私は改めて仲間の頼もしさを実感していた。

「ではソアラさん、今日はもう遅いので、この王宮に泊まっていくといいですよ」

「えっ!?　そんな……悪いですよ」

「遠慮なさらないで。せめてこれくらいはさせてください」

「姐さん、姫さんもこう言ってるんですし、お言葉に甘えましょうよ」

「……エレインさん。ふぅ、わかりました。ではお世話になります」

「ふふふ、それではお部屋を用意するように言っておきますね」

こうして私は王宮のお部屋を借りることになった。

王宮は広くて豪華で、それぞれ個室を用意してもらう。

「まるでお姫様になったみたいです……」

ふかふかなベッドに寝転ぶと、そんな感想が漏れる。

(前世じゃ普通の女子高生でしたし、こんなところに泊まるなんて想像すらしていませんでした)

私はしばらくボーっと天井を見つめていたが、やがて眠気が襲ってきたのでそのまま眠りについた。

次の日は国王陛下と会わなくてはならないというのに、我ながら呑気《のんき》なものだ。

しかし、それだけパーティーリーダーとなって最初の仕事が成功してホッとしたとも言える。

そして翌朝、私は仲間たちとともに謁見の間《ま》へと向かった……。

◆

「聖女ソアラ、そしてその仲間たちよ。ジルベルタ王国へよくぞ参ってくれた」

パーティーとしての初仕事……リディアーヌ殿下の護衛任務。

辺境の修道院から王宮まで彼女を無事に送り届けた私たちは……その翌日、国王陛下に謁見の間へと呼ばれた。

エレインさん、ローラさん、ルミアさんの三人とともに私はジルベルタ国王と初めて対面したのである。

（うう、やはり緊張しますね）

しかし未だに信じられない。

ジルベルタ王宮に私のパーティーが召し抱えられるなんて……。

王宮のお抱えになるというのはパーティーとしては最高の名誉だと言われている。

勇者ゼノンのパーティーも隣国であるアルゲニアの王宮に抱えられていて、特別待遇を得ていた。

彼の名が大陸中に知れ渡ったのはそれからである。

そういえば……ルミアさんから、私が所属していたギルドにはパーティーが王宮所属に移籍するにあたって、契約料として五億エルドもの大金が支払われたと聞いたが……。

そのこともあって、かなりプレッシャーになっている。

（それにしてもゼノンさんは、パーティーがアルゲニア王宮所属になったとき、このように緊張したのでしょうか?)

必ず結果を残さねばならない立場というのは、それだけで精神的にくるものがあった。

「早速だが、ソアラ殿に称号を与えねばならぬな……。ふーむ、勇者、大賢者、聖騎士……色々と宮仕えパーティーのリーダーには特別な称号が与えられておるが。ソアラ殿は聖女であるし——大聖女など、どうだろう?」

「だ、大聖女ですか⁉ そ、そんな大仰《おおぎょう》な称号……私には荷が重うございます」

ジルベルタ国王がそんな提案をしてきたので、私は慌ててそれを辞退した。

大聖女とはかつて大陸侵略を目論《もくろ》んだ悪魔たちを討伐した歴代最強の聖女がエーレ教の教皇より授かったという栄誉ある称号だ。

(劣等聖女と呼ばれた私などがいただくには、あまりにも畏れ多いです)

だから、私ははっきりと陛下にそれを伝えた。

「うむ。大聖女という称号の重みは私も知っておる。それでも、私はソアラ殿にはそれに見合うだけの活躍を期待したいのだ。そして、セルティオスらの話を聞いてお主《ぬし》ならそれは可能だとも信じておる」

「陛下……」

「そもそも、私がソアラ殿のファンというのもあるがな。アルゲニア国王と会食したときに自慢してやったわ。いい人材を送ってくれてサンキュー、となわっはっはっ」

陛下は期待と信頼を兼ねて、私に大聖女の称号を手にしてほしいと仰《おお》せになった。

（えぇーっと、陛下……アルゲニア国王に自慢したというくだりは冗談ですよね？）

あちらの国に行くことになった場合、気まずいなんてものでは済まない……。

でもジルベルタ国王が頬を緩《ゆる》ませて、ファンと仰《おつしや》っていただいたとき……この方が本当に私たちパーティーを手厚く歓迎してくれているということがわかった。

「陛下のお心遣い。そして期待や信頼、痛みいります。ですが、私にひとつ我《わ》が儘《まま》を述べることをお許しください」

「ほう、聖女ソアラ殿の我が儘か。なんじゃ、興味がある。言うてみよ」

「大聖女という称号としての名誉。私たちのパーティーが陛下の認められる功績を立てたときの報奨《ほうしよう》として頂戴《ちようだい》させてもらいたく存じます」

私は陛下に大聖女という名誉は、せめてなんらかの実績が認められた上で頂戴したいと願った。

このパーティーは結成したばかりで、まだなにも成果を挙げてない。

護衛の任務は成功させたが、それは実績とは言えないだろう。

だから、なにかひとつでも武勲《ぶくん》を立てたあとで陛下から称号をいただきたいと主張したのだ。

「ソアラ殿、お主……意外と頑固だのう。普通なら名誉が与えられるというときにわざわざ遠回りなどせんぞ。それにお前はリディアーヌを無事にここに送り届けたではないか」

「も、申し訳ありません。性分《しょうぶん》ですから」

「いや、よい。ソアラ殿の我が儘は筋が通っとる。大聖女の称号はお主らが功績を残してからにしよう」

ジルベルタ国王は私の我が儘を聞いてくれた。

国王陛下の厚意を無下《むげ》にするのは心苦しかったのだが、これぱかりはどうにも譲れなかったのだ。

「リディアーヌもお前のファンになったと言っとった。こんなにも強き女性がいたのかと、驚いた、とな」

「恐縮の極みです……」

リディアーヌ殿下からも高い評価をいただいているなら、なおさら期待に応《こた》えないわけにはいかない。頑張らなくては……。

「ならば早速だが、聖女ソアラのパーティーに次の依頼を言い渡す。今回やってもらいたいのは氷の魔城の偵察じゃ」

「「「――っ!?」」」

い、いきなり、氷の魔城……？

氷の魔城というのは、勇者ゼノンのパーティーすら幾度も攻略に失敗したという難攻不落のダンジョン。

これは二つ目にして、いきなりとんでもない依頼を出してこられたものだ。

エレインさんたちからも、ただならぬ緊張感が伝わってくる。

「勘違いするでない。最初の依頼はあくまでも偵察。できるだけ多くの情報を得て、生きて帰ってきさえすれば達成じゃ」

な、なるほど。魔王の幹部の討伐自体が目的ではないということか。

それならば、なんとか――。いや、だとしてもパーティー結成直後に挑むには高難易度であることは間違いない。

せめて、氷の魔城に行ったことがある方から、多少の予備知識さえ得られればなんとかなるが……そんな命知らずはそうそういないだろう。

「それでは聖女ソアラとその仲間たちの健闘を祈る！」

こうして私たちの初めての謁見は終わった。

……うう、まだ心臓がバクバクする。

(お昼ごはんが食べられそうにありません)

仲間たちと頭を下げて、私たちは謁見の間から退出した。

「どうぞ、お飲みになってください。我が国の最高級茶葉で淹《い》れた紅茶です」

「恐れ入ります。……んっ、美味《おい》しいです」

国王陛下との謁見が終わり、私たちは陛下の勧《すす》めで王城の中庭にあるテラスで紅茶をごちそうになっていた。

メイドさんからティーカップを受け取り、仲間たちと私はひと息つく。

しかし、いきなり氷の魔城か。これはなかなかに大変な任務を依頼されてしまったものだ。

「ソアラ姐さん、氷の魔城ですよ。氷の魔城……！」

「ええ、分かっていますとも。皆さんが危険を予感して――」

「国王陛下も粋《いき》な計らいをしてくれる。私のたちが最も行きたかった場所に最初に行かせてくれるなんて」

「へっ……？　ローラさん？」

仲間たちがプレッシャーに押し潰《つぶ》されていないか憂慮《ゆうりょ》していると、ローラさんが思いもよらぬ言葉を放つ。

氷の魔城が一番行きたかった場所というのは、どういうことだろう？

「あたしたちは、ソアラ姐さんが戦力外でパーティーを追放されたという事実が気に食わない。姐さんの名誉を回復させるのに一番手っ取り早い方法は――」

「もちろん、我々で氷の魔城攻略を成功させることだ」

「なるほど～、それならソアラ様のすごさが客観的に証明できますね～」

エレインさんとローラさんは力強い意志の込められた言葉で、氷の魔城を攻略して私の名誉を回復したいと主張した。

ルミアさんも猫耳をピクピクさせながら、なるほど……という感じでポンと手を叩いている。

この方たちはどうして、そこまでして私のことを……。

しかし、今回の偵察によって得た情報が、今後なんらかの攻略の鍵になるかもしれない。

三人の心遣いに応えるためにも私も前向きに物事を考えなくては……。

「わかりました。無理はせずに、準備は怠《おこた》らずに、偵察の依頼をできるだけ高い精度で達成しましょう」

「はい！」

「承知した……」

「わかりました〜」

私も意気込みを新たに、この依頼を成功させることを誓った。

彼女たちとなら、なんとかできる。

そんな根拠のない自信を感じながら。

「それでは、まずは……。情報収集ですね。氷の魔城に行ったことがなくとも、なにかしらの話を聞いたことがある人を探しましょう。もちろん、都合よくそんな人は――」

「そ、ソアラ先輩……！　や、やっとお会いできましたわ……！」

突然私たちの目の前に、桃色の髪の美しい女性が現れた。

今のは超高等魔法である空間移動《テレポーテーション》。

それだけで、この方の魔力と素質の高さは天才の領域にあることが見て取れた。

(私のことを先輩と呼んでいますが、何者なのでしょう? 見覚えはありませんが……)

「憧れのソアラ先輩にお会いできて興奮のあまり自己紹介が遅れましたわ。わたくしの名はエリス・アルティナスと申します。先輩に憧れて聖女を志《こころざ》した若輩者《じゃくはい》ですが、どうかお見知りおきを——」

「あ、はい。ご丁寧《ていねい》にどうも……」

テレポーテーションを使い、突如として私の前に現れた女性はエリスと名乗る。

あれ……? エリスという名前の聖女には聞き覚えがあった。

まさか、彼女はゼノンさんが言っていた〝覚醒者〟の——。

「おい、テメーまさか。勇者ゼノンのパーティーに所属していた聖女じゃないのか? 身の程知らずにもソアラ姐さんの後釜《あとがま》に座ったたっていう」

エリスさんに対して、エレインさんが怖い顔をして凄《すご》む。

「左様《さよう》でございます。わたくしは身の程知らずにもソアラ先輩の代わりとして勇者ゼノンのパーティーに所属していました」

「お、おう……、わ、わかってるじゃねぇか」

しかし、彼女が平然としてエレインさんのセリフを全肯定してしまったので、彼女は思わず黙ってしまった。

「エレインさん、エリスさんから感じられる魔力は私以上です。それにSランクスキルにも目覚めていますから……私の代わりだなんて畏れ多いくらいの戦力ですよ」

「姐さん、そんなわけ――」

「そんなことはありませんわ！　ソアラ先輩は剣も魔法もマイナーな武術でさえも一流の得難《えがた》い人材！　この方の代わりなど世界中探しても見つかるはずがありません！」

「お、おう……、そうだよな」

（あのエレインさんが珍しく引いていますね……）

エリスさんの大きな声が響き渡る。

貴族の出自だと聞いているし、慎《つつ》ましい方という印象でしたが意外とグイグイこられる方みたいだ。

「で、貴様はなにをしに来た？　勇者ゼノンの差し金か？」

「え～、ゼノンさんにそんな理由がありますかね～？」

「わかんねぇぞ。ソアラ姐さんが宮仕えになったんだ。追放した者に自分の地位と同格になられたりするのはプライドが許さねぇのかもしれねぇ。なにかしらの妨害をするために送り込んだのかも」

ローラさんとエレインさんは、ゼノンさんをかなり歪《ゆが》んだ人格の持ち主だと解釈しているみたいだ。

確かにプライドは高い方でしたが、私などに構っているほど暇《ひま》ではないだろう。

「わ、わたくし、勇者ゼノン様のパーティーを抜けましたの！　ソアラ先輩のパーティーに入るために！」

「「――っ!?」」

なんと、エリスさんは私のパーティーに入るために勇者のパーティーを抜けたらしい。

これはどういうことだろう？　ゼノンさんのパーティーをわざわざ辞《や》めるなんて……。

「勇者のパーティーを抜けただとぉ？」

「なにを言いだすかと思えば。貴様には冒険者としての矜持《きょうじ》がないのか？　志半ばでパーティーを抜けるなんて」

「でも、最近ゼノンさんもかなり苦戦を強《し》いられているらしいですからね～」

エレインさんたちはゼノンさんのパーティーが上手くいっていないから、エリスさんが抜けたと思っているみたいである。

（そんな薄情な感じの方には見えないんですが……）

サファイアのような瞳の輝きからは強い意志の力を感じる。

なにか特別な事情があったのではないだろうか。

「ち、違います！　誤解ですわ！　そもそも、わたくしがゼノン様のお誘いを承諾《しょうだく》したのはソアラ先輩目当てでして。先輩が体調を壊してリハビリ中だと、ゼノン様が嘘をつかれたので――」

エリスさんは私に会いに来た理由も含めて、勇者ゼノンのパーティーを抜けた経緯《いきさつ》を話した。どうやら私が追放されたことを知らずに、ずっと騙《だま》されてゼノンさんと冒険をしていたみたいだ。

それで幾度もパーティーとしての敗北を繰り返して、死にかけたこともあった――となると可哀想な気がする。

「見損《みそこ》なったぜ、勇者ゼノン！　まさかそこまでの外道《げどう》だったとはな！」

「ソアラを追放しただけでは飽き足らず、このように純真無垢《むく》な少女の憧《あこが》れの感情を利用するとは！」

「人として軽蔑します～」

皆さん、今度はエリスさんの話を聞いてかなりお怒りのご様子。

私も彼女が不憫《ふびん》になっていた。ひたむきに頑張っていたことが徒労だったと知ったときの喪失感は想像するに難《かた》くない。

（私が追放されたときも努力が全部否定されたように思えました。彼女も辛《つら》い思いをされたのでしょう）

「エリスさん……。私たちはこれより氷の魔城の偵察へと向かいます。――嫌な思い出もある場所だとは思いますが、ともに来てもらえませんか？　行った経験のある方がパーティーにいると心強いです」

「そ、ソアラ先輩……？　わ、わたくしを、わたくしの申したことを信じてくださるのですか？　ゼノン様に嘘を言わされているのかもしれないのですよ」

私がエリスさんをパーティーに誘うと、彼女は目に涙を溜めて自分を疑わないのか、と問いかけてくる。

（ああ、ゼノンさんに嘘を言わされて……そんなこと考えもしませんでした）

とはいえ、ここで彼女の言葉を聞き流すことなどできない。

私はエリスさんの手を握って、頷《うなず》いた。

「他の職業ならともかくとして、嘘つきが聖女にはなれませんよ。そうでなくても、エリスさんの目を見ればなんとなくわかります。誠実そうに見えますから」

「そ、ソアラ先輩！　わたくしが憧れていた先輩は、やはりあのとき見たとおりの方でしたわ！」

「きゃっ!?」

子供のように泣きながら私の胸に飛び込んでくるエリスさん。

（彼女は前から私のことを知っているみたいですけど、どこかでお会いしましたっけ？）

思い出せないが、強力な味方ができて心強い。

彼女がいれば、氷の魔城の偵察もかなり楽になるだろう。

「羨《うらや》ましい……」

「心の声がだだ漏れだぞ、ローラ。あたしも同感だけど」

「わ～い。仲間が増えました～」

こうして私のパーティーは一人メンバーが増えて、五人となった。

戦力としては十分すぎるほどだ。

エリスさんを仲間に加えた私たちは、早速準備を整えて氷の魔城へ向かうのだった。

◆

氷の魔城――アルゲニア王国とジルベルタ王国の国境沿いに位置する氷の大地にある魔王の幹部、氷の女王ケルフィテレサの居城。

世界中に散らばる魔王軍の拠点《きょてん》の中でも最難関ダンジョンと呼ばれるもののひとつで、生半可な実力のパーティーは挑戦することさえ許されていない。

大型ギルド所属の上位パーティー、もしくは各国の王宮などに所属する特別なパーティーのみが挑戦する権利が与えられ、無駄な犠牲を抑えているのだ。

私がここに来たことがある命知らずは、簡単に見つからないと思ったのはそのためである。

「これが最難関ダンジョンってやつか。見るからにヤバそうな雰囲気が漂ってやがる」

「こんなところから何度も生還したというのか？　エリスは恐ろしい経験をしたんだな」

「誇れることではありませんわ。逃げることになる前提で必死になって空間移動《テレポーテーション》を覚えたのですから」

エリスさんは勇者ゼノンのパーティーの一員として何度もこちらのダンジョンに挑戦して敗れ去っている。

その経験は確かに稀有《けう》で貴重なものであれど、彼女にとってはトラウマの数々なのだろう。落ち着いているように見えるが、彼女の言葉は自嘲気味となり、気分が盛り下がっているように思えた。

（ですが、何度も挑んだと仰るだけあって正確にルートを覚えていらっしゃるのはありがたいです。これなら迷宮のような造りをしているという氷の魔城を攻略する手がかりが見つかるかもしれません）

「エリスさん、お辛いかもしれませんが私たちにはあなたが絶対に必要です。生きて帰るために全力で頼らせてもらいます」

「ソアラ先輩がわたくしを頼りに……？　は、はい！　もちろん、いつでもどこでも頼ってください！」

残酷なことを口にしたと思ったのだが、エリスさんはにっこりと微笑んで頼りにするという私のセリフを受け入れてくれた。

いつでも、と言っているが既《すで》に頼りにしているつもりだ……。


氷の魔城に一歩踏み込んだ瞬間に、多くの魔物たちが私たちを歓迎した。

「ブリザードスネーク、アイスゴーレム、ホワイトクロコダイル、スノウグリズリー……。この城だとよく見かける魔物です。わたくしにお任せを――。これまでにもSランクスキル〝栄光への道《シャイニングロード》〟で一掃していますから」

なるほど、エリスさんは最初から最大火力のSランクスキルを活用して魔物たちを相手取っていたのか。

「ストップですよ、エリスさん。魔物を全部やっつける必要はありません。ある程度はやり過ごしつつ、戦闘は必要最低限にしましょう。幸いゴーレム以外は魔獣系統。睡眠術《スリーパル》や麻痺術《パライパル》が有効ですから」

「出た、姐さん得意の省エネ戦法！」

「長い道中で回復アイテムにも限りがある中で最も有効な戦術だ。ソアラは常に最悪の状況を想定して動いているからな」

私はエリスさんに、いざというときのために魔力を温存するように忠告した。

彼女の大火力は絶対に欲しい場面が訪れるはずだから、弱い魔物に使うのはもったいない。

「さて、私もこのダルメシアン一刀流の恐ろしさを魔物たちに知らしめてやろうじゃないか」

「あれ〜？　ローラさん、斬られた魔物の動きが遅くなってませんか〜？」

「ふっ、私の剣には神経毒が塗られているからな。血管に一撃与えてやると、強い魔物でも動きが鈍《にぶ》くなるのだ。これがダルメシアン一刀流が戦場の剣術と言われる所以《ゆえん》だ」

「戦場の剣術は初耳ですが〜、すごいです〜」

パーティーを結成すると決めたその日から私は協力し合って戦うこと、如何《いか》に効率よく各自の力を発揮できるかを仲間たちと話し合った。

ローラさんのダルメシアン一刀流が戦場にて単純に敵を殺傷するだけではない剣術……という話はそのときに聞いた。

「私も負けていられませ〜ん！」

「す、すごいですわ。一撃でゴーレムの首を吹き飛ばしました」

「えへへ、力には自信があるんです〜」

ルミアさんの力は誰よりも強く、そしてその無尽蔵《むじんぞう》の体力で疲れることを知らない。

自分の何倍もの大きさの魔物を吹き飛ばす姿は、何度見ても壮観としか言えない。

「エリスもさすがは聖女だな。状態異常を引き起こす魔法も一通り使えるのか」

「いえ、エレインさんのような広範囲の【射程】はわたくしにはありませんから」

そして、エレインさんの強みはハーフエルフの高い感知能力を活かした術式の射程だ。

通常、魔法の有効射程は目に見える範囲が限界……。

見えなくては当たらないのだから、当然であるが、エレインさんは本気を出せば数キロ先の敵も感知して魔法を当てることができる。

「この札からは誰も逃げられねぇぜ！」

心臓の近くに保管することで、魔力が少しずつ供給されて、魔法の威力を高めるという彼女の御札。

胸の谷間から取り出されたそれは、エレインさんの魔法の効果を跳ね上げる。

「さすがですね。エレインさん」

「へへ、これくらいしないとソアラ姐さんの右腕は名乗れませんから」

照れくさそうに笑うエレインさん。

やはり皆さん……頼りになる。安心して背中を任せられる。

「正直に申しまして、各々《おのおの》の個人的な能力は勇者ゼノンのパーティーの方が上でしたわ。しかしながら、こんなにも余力を残してここまでくることができたことはありませんの」

偵察とはいえ、魔王軍の幹部と遭遇してしまう事態を想定して、私はとにかく力の消費を抑えることだけに気を配った。

最低限の敵を倒して、迅速《じんそく》に進むことを徹底したのである。

（とはいえ、さすがに三割ほどは消耗してしましたね……）

「あ、姐さん！　あっちになにかありますよ！　あれは氷像……？」

「い、いや違うぞ。ひ、人だ！　人が氷漬けにされている！」

「大変です～！　早く助けなくてはなりませ～ん！」

「お、お待ちください！　あの古代文字には見覚えがあります。多分トラップかと……！」

思うに、この氷の魔城に挑戦したものの、トラップにかかって氷漬けにされたのだろう。

彼らの救出はもちろん最優先だが、空間呪法のトラップと思《おぼ》しき古代文字の記された札を発見した私は、炎系魔法でそれを燃やす。

（中々燃え尽きませんね。このトラップを仕掛けた人物は相当な手練《てだれ》……）

おそらくは魔王軍の幹部、ケルフィテレサが仕掛けたものだと予想できる。これはそろそろ撤退を考えたほうがよさそうだ。

「これで大丈夫です。早く救出しましょう！」

トラップを解除した私は、仲間たちに氷漬けにされた方々を助けようと声をかけた。

これで氷に付与された魔力は消えたはずだから、火を使えば普通に溶けるはず……。

「そ、ソアラ先輩！　この方々は――！」

「ゼノンさんたち、ですよね。ひと目見てわかりましたよ。私もそれなりに長い付き合いでしたから」

「えっ……!?」

一人だけ見知らぬ方がいますが、ゼノンさんとリルカさん、そしてアーノルドさんの姿は氷像になっても見誤るはずがありません。

「早く溶けてくれ！」

「生きていれば、回復アイテムも多数取り揃《そろ》えている！　なんとかなる！」

「心臓は動いていま～す！　これなら――」

よかった。手遅れではないみたいだ。

速《すみ》やかに治療をすれば助かるはず。急がなくては……。

「ソアラ先輩、ゼノン様たちを恨んでは――」

「さぁ、どうでしょう？　ただひとつ言えることは、恨んでいても、いなくても、私のすることとは変わらないということです。治癒術《ヒール》――」

私は氷漬けから解放されたゼノンさんに治癒術《ヒール》をかけた。

「ううっ……、そ、ソアラ……？　そ、そんなはずがないか……、うっ……」

彼は一瞬だけ目を覚ましたが、怪我による痛みなどが激しすぎて再び倒れてしまう。

さて、他の三人も命に別状はないみたいだけど、ここからの治療は外で行ったほうがよさそうだ。

「エリスさん、三人を連れて空間移動魔法《テレポーテーション》で安全な場所へ。回復アイテムも半分持っていってください」

空間移動魔法《テレポーテーション》によって運べる重量には制限があるとエリスさんに聞いた。

それを考慮すると三人を運ぶのが限界だろう。

「そ、ソアラ先輩……？」

「くっくっくっ、久しぶりに見知らぬ者どもがやってきたのう……。どれ、味見をしてやろう」

「氷の女王ケルフィテレサ……!!」

エリスさんに三人を連れて逃げるように指示をするのと同時に現れたのは、氷の女王ケルフィテレサ。

この城の主《あるじ》にして魔王軍の幹部だ。

（彼女の登場で気温がグッと下がりました……。とんでもない魔力です。初めての経験ですね、これほどの力を持つ者と対峙するのは）

「私たちは今から戦闘をします。どうか、足止めをしているうちに早く逃げてください！」

このパーティーの実力がどれほど通用するかわからないが、足止めくらいはしてみせる。

偵察では済まなくなるのは、なんとなく予想していた。

（どうやら私はイレギュラーと縁があるらしいです）

冒険者になって三年のキャリアの中で、最強の敵との戦闘が開始された。

「じわじわ死ぬところを楽しもうかと思うとったが、今の妾《わらわ》は新しい玩具《おもちゃ》に興味津々《しんしん》でのう。

アレはまたいずれ遊んでやるとしよう」

氷の女王ケルフィテレサ——魔王軍の幹部だけあって、プレッシャーは相当なものだ。

勇者であるゼノンさんのパーティーを何度も全滅に追いやった化け物を相手にどれだけ保《も》つかわからないが、なんとか時間を稼ごう。

幸運なことに彼女の興味は私たちに移ってくれて、エリスさんが離脱するのを邪魔せずにいてくれた。

「まずは一定以上の間合いを取って、回避、防御を優先させてください。決して攻め急いではいけません。相手の出方を見極めます」

「「はいっ！」」

「ほう、勇者とかいう愚図よりも頭を使うではないか。妾のことをナメておるのか知らんが、あの連中……考えもなく猪突《ちょとつ》しては蹂躙《じゅうりん》されるばかりだったからのう。まぁ、間合いなど無駄なんじゃが。——超極大氷柱《グラン・アイスニードル》ッ！」

ケルフィテレサはいきなり逃げ場がなくなるくらい巨大なつららを出現させて、私たちに向かって容赦なく放つ。

これは間違いなくSランクスキル級の魔法だ。

以前、炎の魔城で魔王軍の幹部と戦ったときは、他のメンバーがSランクスキルで対抗したのだが——。

「魔法防壁四重奏《アークバリアカルテット》ッ！」

「アークバリアを四つ同時に――!?」

私は魔法に対処するために使われる中級魔法、アークバリアを四つ同時に展開した。

ひとつひとつの盾《たて》は小さいが、四つ並べると巨大な魔法にも対応することができる。

「な、なんじゃ、この女。妙に器用なことをしおる。じゃが、威力は落ちてもお前らを倒すことくらいわけがないぞ！」

ケルフィテレサの言うとおり、私の防壁は割れてしまい、威力は半減されたものの、こちらに迫ってくる。

もう一度、防壁を出すことも可能だが――。

「極大火炎弾《メテオノヴァ》、五重奏《クインテット》ッ!!」

「はぁ？　んんっ!?　ば、馬鹿な!?」

「嘘っ!?　そ、ソアラ姐さん、メテオノヴァを五発連射した!?」

「美しい……」

「あの超巨大な氷のつららを貫《つらぬ》きます～」

私は上級魔法であるメテオノヴァを五発連射した。

少し前まで三発が限界だったが、さらに厳しい修行を積んで上級魔法を五発までなら同時に発動できるようになったのである。

「妾の攻撃が防がれているだとぉっ!?　いや、それどころか、それを貫いて!?」

メテオノヴァは三発でグラン・アイスニードルを溶かして、残りの二発はケルフィテレサに向かってゆく。

「うぐぅっ!!　ああっ！　熱いぃいいい!!」

さすがにこれだけの数を撃ち込めばダメージが通るようだ。

ケルフィテレサは悲鳴をあげて、苦しむような仕草をした。

「さすがはソアラ、素晴らしい魔法の腕前だ」

「えっと……、ありがとうございます。ローラさん」

「私も負けてられん。そうだろ？　エレイン」

「当たり前だ。あたしだってソアラ姐さんにいいところを見てもらうつもりさ」

「ふっ、ならば私が先陣を切る。いくぞ、氷の女王ケルフィテレサよ。――闘気術《バースト》!!」

ローラさんの本家本元の闘気術《バースト》……彼女の身体能力が飛躍的に上昇する。

彼女はそのまま高速でケルフィテレサに接近して剣を振り下ろす。

「くっくくっ、その程度の攻撃では妾には効かん！」

「それはどうかな？」

「――雷光《ライトニング》ッ！」

「ぬおっ!?　こ、これは――」

ケルフィテレサは振り下ろされた斬撃をガードしようとしたが、突然身体の自由が利《き》かなくなった。

どうやらエレインさんが彼女の動きを止めることに成功したらしい。

「ぬおおおーっ！　妾の動きを封じただと⁉」

「エレインさん！」

「ったく、あたしがいないとダメダメだな。ローラは」

エレインさんが隙だらけのケルフィテレサに狙いを定める。

雷光《ライトニング》とはその名の通り、電気を帯びた一撃。

これを喰らうと身体が痺《しび》れて動けなくなるのだ。

ローラさんの振り下ろした剣はそのまま彼女を切り裂いた。

「ぎゃああああぁああああ～っ⁉」

「やったぜ！」

「油断しないでください！」

私はエレインさんに警戒を促《うなが》した。

ケルフィテレサの魔力がさらに高まるのを感じたからだ。

「妾をコケにしよって……許さんぞ、人間どもがぁあああっ‼」

ケルフィテレサは激昂《げっこう》して、右手から冷気を放出する。

「きゃっ!?」

「な、なんだよ、これ……！」

「ちっ、厄介な奴め。ソアラ、私たちでなんとかするしかない！」

「はい！」

私たちはケルフィテレサの反撃に備えるため、身構えた。

そして彼女に接近戦を挑むことに決める。

(魔力よりも体力をできるだけ温存したいところです)

「身体強化《ギアラ》！」

(この魔法もローラさんの闘気術《バースト》と同じく身体能力を上昇させる効果があります)

「ローラさん、いきますよ！」

「おう！」

私はローラさんと一緒に駆けだす。すると――。

「氷柱嵐《アイスストーム》ッ！」

「――なっ!?」

ケルフィテレサは私たちが近づいた瞬間に、猛吹雪《ふぶき》を繰り出してきた。

あまりにも強力な冷気によって私たちの行く手は阻《はば》まれる。

「ソアラ！」

「はい！　ローラさん！」

私たちはお互いの背中を合わせるように、それぞれ逆方向に飛んで回避した。

「おのれ、ちょこまかと小賢《こざか》しい真似をしよる！」

ケルフィテレサは苛立《いらだ》った様子を見せる。

「ソアラ様の邪魔はさせませ～ん！」

ルミアさんがそう言って、爆破魔導石を投げつける。

彼女の豪腕による投擲《とうてき》で、爆破魔導石はものすごいスピードでケルフィテレサに迫り――直撃し、爆発を起こした。

「ぐっ!?　うっとうしい！」

「今です、ソアラ様～！」

「ルミアさん！　ありがとうございます！」

私はその隙にケルフィテレサの懐《ふところ》に潜《もぐ》り込んだ。

ようやくこれで接近戦が可能となる。

「ぬっ、先程は油断したが、妾に接近戦なら有利だと思わぬことじゃな！」

「それはどうでしょうかね？」

「ふん、強がりを抜かすでない！　お前の攻撃など効かんわ！」

ケルフィテレサは余裕の表情を浮かべていた。

だが、私は彼女の言葉を無視して、そのまま剣を振り下ろす。

「くっ……!?　細腕のくせになんてパワーじゃ」

彼女は氷の刃《やいば》を繰り出して私の剣を防ぐも、その衝撃に驚いている。

エレインさんにプレゼントしてもらった身体強化《ギア》という魔法は常に魔力を消費する代わりに、大いなる力を私に与えてくれた。

（このまま、押し切りましょう。そうしますと、私が使用すべき武器は……）

「収納魔法《アイテムボックス》！」

「出たっ！　姐さんの得意武器のひとつ……！」

「大陸屈指の名工と呼ばれたマーティ・エルドラドの傑作――マジカルトンファーですね～！」

「魔力を吸収して打撃力をアップさせるだけに留《とど》まらず、魔法の力を纏《まと》わせることもできる。まさにソアラのためにあるような武器だ……！」

マジカルトンファー……フリーターをしつつ、自分の限界と戦っていたときに偶然、行商人から買い取った大当たりの得物《えもの》。

私の魔力を吸って打撃力を大幅に上げ、さらに――！

「そんなトンファーなど、妾には――っ!?　ぐぎゃあああっ!!　燃えるように熱い！　そ、それはまさか魔法を――」

炎系魔法をトンファーに纏わせて、私はケルフィテレサの急所を叩く。

（やはり彼女は見た目どおり炎に弱いみたいですね）

「あたしも負けていられないぜ！」

「ええ、エレインさん！　魔法での援護をお願いします！」

私はケルフィテレサと激しい打ち合いを繰り広げる。

そして彼女が一瞬、体勢を崩したところで――。

「姐さん、援護しますよ！　大火炎弾《ギガフレイム》ッ!!」

エレインさんがケルフィテレサの背後に回り込んで、炎を浴びせる。

「くっ……!?」

「まだまだぁあ！」

エレインさんは何度も魔法を繰り出した。

「こ、このっ！」

ケルフィテレサは怒り狂いながら、彼女に向かって強力な冷気を放つ。

「エレインさん、危ないです～」

しかしルミアさんが左腕で彼女を抱えてこれを難なくかわすと、去り際《ぎわ》に再び爆破魔導石をぶん投げた。

ケルフィテレサはそれをガードしようと試みるが――。

「ぐぎゃああっ!!」

爆破魔導石が命中すると同時、私は電撃魔法を帯びたトンファーで殴りつける。さらに――。

「うぉおおおっ！　ダルメシアン一刀流・サンフラワースラッシュ！」

そこへローラさんが斬りかかった。

目にも留まらぬ斬撃は確実にケルフィテレサにダメージを与える。

「くっ……おのれ、調子に乗るでないぞ！　人間どもがぁあああっ！」

ケルフィテレサは全身から再び冷気を放出する。

（これは先程までとは段違いに強力です！）

私たちが身構えると……。

ピキィイイッ、という嫌な音とともに突如として地面から巨大な氷の柱が現れた。

しかもその柱は一本だけではなく、何本も現れて私たちを取り囲む。それはまるで氷の檻《おり》のようだった。

そのせいで、私たちは完全に閉じ込められた形となる。

「ソアラ様～！　これでは出られません～！」

「ちくしょう！　こんなのありかよ！」

「くっくっく。これが妾の力じゃ。どうじゃ、恐れ入ったであろう？」

ケルフィテレサは勝ち誇った様子でそう言った。

「ソアラ様～！」

「くっ……」

「もう終わりにしようではないか？　おとなしく妾に殺されるがよい」

ケルフィテレサは氷の刃《やいば》を振りかざして私に襲いかかってくる。

「ソアラ！」

ローラさんが私を庇《かば》おうと前に出るが——。

「ぐっ……！」

ケルフィテレサの放った攻撃が直撃し、吹っ飛ばされてしまった。

彼女は魔力も規格外だが、本気を出すと膂力《りょりょく》もここまでとは……。

「きゃあああっ！」

「ぐわああっ！」

「ぐふぅっ！」

そのまま三人とも地面に叩きつけられてしまう。

だが、それだけでは終わらなかった。

氷の柱が倒れている三人に向かって次々と伸びていく。

その先端からは鋭利な氷の刃が突き出ていた。このままだと串刺しになってしまう。

（ダメ……動けません……！　魔力が尽きてしまって身体強化《ギアラ》の効果も切れてしまいました）

「みなさん、逃げてください……！」

私がそう叫ぶと、皆、必死に立ち上がろうとする。

だが、ダメージが大きいのか、なかなか立ち上がることができない。このままじゃ全滅して
──！

「諦《あきら》めている場合ではありません……！　闘気術《バースト》！」

命を燃やし尽くすまで私は諦めない。

今度は闘気術《バースト》によって身体能力を強化した私は、全力で走りだし、三人の前に躍《おど》り出る。そして両手を広げて、彼女たちを守るように立ち塞《ふさ》がった。

「死ねぇえっ!!」

ケルフィテレサの叫び声と同時に、無数の鋭い氷の槍が迫ってくる。

(絶対に守ってみせます！)

「──我流・百閃煉魔《ひゃくせんれんま》ッッッ!!」

繰り出したのは最速の突き技のラッシュ。

秒間に百回の突きから繰り出される衝撃波で、迫りくる鋭い氷の槍を薙《な》ぎ払った。

「そ、そんな馬鹿な!?　妾の攻撃を一瞬で!?」

「彼女が怯《ひる》んでいるうちに……」

私は魔力を回復しようとレッドポーションに手を伸ばす。

(二割程度ですが回復できました。魔法は確実な場面でしか使えませんが、まだ戦えます)

「ソアラ姐さん……ありがとうございます」

エレインさんが立ち上がりながら礼を言う。

他の二人もなんとか立ち上がったようだ。

「まだだ……！　貴様だけには死んでもらう！」

ケルフィテレサは口から吹雪を吐き出した。

「くっ……」

「ソアラ！」

私は咄嗟《とっさ》に両腕でガードする。

しかし、完全に防ぐことはできなかったようで、凍傷を起こしてしまった。腕から感覚が失われた。

「ソアラ様～！」

ルミアさんが慌てて駆け寄ってくる。

彼女の気遣いは嬉しいが、今私に近づくのは危険だ。

「大丈夫です。それより、ルミアさんたちは下がっていてください」

私はケルフィテレサに向かって剣を構える。

「よくぞ耐えたのう。しかし、これで終わりじゃ！　妾の全魔力を使った最大最強の一撃で、塵《ちり》も残さず消し去ってくれるわ！」

ケルフィテレサが右手を天に掲《かか》げると、上空に巨大な魔法陣が浮かび上がった。

そこから放たれるのは、おそらく冷気を帯びた光線。

間違いなく私たちすべてを消滅させることができるほどの威力だろう。

「ソアラ……すまない。私たちが足を引っ張ったがために……」

「謝らないでください。ケルフィテレサはミスをしました。あの方は本気を出すのが遅すぎたんです」

「はぁ……？　くく、なにを言いだすかと思えばはったりか！　死ねぇい！」

「ソアラ先輩！　ただいま戻りました！　……はぁ、はぁ、……栄光への道《シャイニングロード》ッッですわ！」

安全圏までゼノンさんたちを連れていくため、離脱していたエリスさんが、この場面で戻ってきてくれた。

途中で何体もの魔物と遭遇したのか、ボロボロになり、息を切らせながら……。

彼女は両手を合わせて破邪《はじゃ》の力を帯びている最大出力の光系の魔法をケルフィテレサの冷気の光線に向けて放つ。

（これがエリスさんのSランクスキル——なんと素晴らしい威力ではないですか。ゼノンさんが彼女を欲《ほっ》した理由がわかります）

二つの強力なエネルギーがぶつかり合う。

そして激しい爆風を生じさせながらそれは相殺《そうさい》された。

私たちの命を奪うはずだった脅威は消え去ったのだ。

その光景を見たケルフィテレサの顔が引きつった。

信じられないものでも見るかのように。

彼女の顔からは完全に余裕が失われていた。

もしかしたら、この世に自分の攻撃を打ち消せるものなど存在しないとでも思っていたのかもしれない。

「隙だらけのところを、至近距離から失礼します。――極大火炎弾五重奏《メテオノヴァクインテット》ッッッ‼」

私は渾身の魔力を込めた超高熱の炎の塊《かたまり》をケルフィテレサにぶつけた。

「ぎゃあああっっ‼　熱い！　あついっ！　妾の美しい身体が焼けてしまううぅ！」

直撃を受けたケルフィテレサは地面の上でのたうちまわる。

その姿はあまりにも無残で、見るに耐えなかった。

「これで終わりにします！」

私はケルフィテレサの心臓を剣で貫く。

せめて早く死なせることで、彼女を楽にしてあげようと思いながら。

「ぐふっ……！」

ケルフィテレサは口から血を吐き出すと、そのまま絶命する。

こうして魔王軍の幹部の一人を倒したのだった。

「はぁ、はぁ……」

「ソアラ姐さん……、やったのか？」

私が勝利したことで、周囲の空気が緩む。

皆、ホッと安心しているようだった。

（まだ実感はありませんが、なんとかやったみたいです……。ですが……）

「少しばかり無理をしました……」

私は膝をつく。

ケルフィテレサを倒すために相当な力を使ってしまったため、かなり消耗してしまった。

さすがは魔王軍の幹部。彼女は間違いなく強敵だった。

「はわわ、ソアラ様～！　今、回復薬を使いま～す」

「お願いします、ルミアさん」

私はルミアさんに回復してもらい、なんとか動けるようになる。

（もっと力をつけなくてはなりませんね……）

今回の戦いを通して、まだまだ足りないところがあると痛感させられた。

「ソアラ姐さん、お疲れさまでした」

「エレインさん。こちらこそ、あなた方がいなければ危ないところでした」

「いえ、そんなことありません。姐さんがいなかったら、私たちは全員殺されていました」

エレインさんはそう言って首を横に振る。

（本当に皆さんが無事でよかった。死人が出なかったのが不思議なくらいです）

「それでは、皆さん一度王都に戻りましょうか？　陛下にも報告せねばなりませんし」

私が提案すると、皆同意してくれた。

ボロボロになった私たちはなんとかお互いをかばい合い、氷の魔城から脱出して……数日後、王都への帰還に成功する。

偵察という依頼のはずが、討伐してしまったのは嬉しい誤算だが、イレギュラーはやはり心臓に悪い。

次の依頼が決まるまでは王都に滞在するということで、私たちは国が用意してくれた宿泊施設に足を向けた……。

◇（ゼノン視点）

「んっ……、た、助かったのか？　僕は――」

目を覚ました僕は、真っ白い天井と対面する。

ベッドの上に寝かされているところを見ると、僕は助かったということ。

氷の女王ケルフィテレサとタイマンを張った結果――僕は紙一重《かみひとえ》で負けてしまい、氷漬けにされてしまったのだった。

（また負けてしまった。くそっ！）

まぁ、命が助かったのだ。生きてさえいれば、また氷の女王に挑戦できる。天才である僕が諦めずに立ち上がれるのは、あれを倒せるのは僕しかいないと確信してるからだ。

さて、こうはしていられない。

もう一度、氷の魔城を攻略する手立てを考えないと。

「あー、やっと起きた。待ちくたびれたわよ。あんた、丸一日ずーっと寝てたんだから」

「ゼノンは手酷《てひど》くやられてたからな。凍らされただけの某《それがし》らとは違うだろう」

リルカ！　アーノルド！　無事だったか。

なんという奇跡だ。あの絶望的な状況からよくぞ助かってくれた。

これは僕にもようやく運が向いてきたか？

見える！　見えるぞ！　勝利の女神たちが僕に微笑んでいるのが！

イケる！　次は絶対にイケる！　絶対にイケるヤツだぞこれは！

「よしっ！　さっそく作戦会議だ。リルカ、マルサスは無事だったのか？」

「マルサス？　ああ、アイツなら無事だったけど――もういないわよ。死にかけたことでビビって逃げちゃった」

リルカはマルサスの話を振ったら、あの男は逃げたと答える。

ふーむ。思ったよりも軟弱な男だったか。

エリスといい、マルサスといい、脆弱《ぜいじゃく》な精神しか持たぬ者が多いのは困る。

「そ、そうか。じゃあ、仕方ないな。わかった、人員の補充は考えておこう。では、次に氷の魔城を攻略するにあたって準備することだが――」

「…………」

「…………」

「んっ……？　どうした？　黙り込んで……」

なんだ、なんだ。せっかく、リーダーの僕が復活をしたというのに元気ないなー。

こういうときこそ士気を鼓舞せねばならぬし、流れが変わったことを喜ばないと……。

「氷の魔城は攻略する必要がなくなった。非常に残念なことだが……」

「はぁ？　あのな、僕はアルゲニア国王から魔王の幹部を倒せと言われているんだ。一番攻略できる可能性が高いのは氷の魔城のケルフィテレサだろ？　なんせ何度もチャレンジした経験があるのだからな」

アーノルドの奴、いつからそんなに消極的になった？

僕らには時間がないのだから、すぐさま攻略に向かうしかないのだぞ。

アホな冗談を言うなら、時と場合を――。

「もう攻略されちゃったのよ。私たちが気絶してたうちに、ね」

「はァァァァァァァァっ!?」

ちょっと待ってくれ。状況に頭が追いつかなくなってきた。

氷の魔城が攻略されただとぉ!? そんなバカな話があるか!?

それじゃ、僕がバカみたいじゃないか。

「いったい、どこの誰が——?」

「ソアラよ。あの子のパーティーがケルフィテレサを倒したの」

「はァァァァァァァァっ!?」

馬鹿な、そんな馬鹿な……。あんな多少器用なだけの女がどうして……。

だってソアラだぞ。僕たちと違って貧弱なスキルしか持ち合わせていないのに。

僕らよりも弱いのに……。僕らが何度も挑戦した氷の魔城をどうやって攻略することができるのだ?

(理解不能だ……、まったくもって納得できん)

「ちなみに私らを助けてくれたのもソアラのパーティーね。新しくエリスが入ったらしいわよ」

「某らは自《みずか》らが嘲笑《あざわら》い、見下した相手に確かに助けられた。人間としての器の違いがよくわかる。……ソアラは真に聖女だったのだろう」

ちょっとお前たち、なにをソアラに感謝なんかしてるのだ。

あの女は敵だぞ？　不正を疑うのが本音のところだろ。

だが、それを考えても仕方ない。

氷の魔城以外にも魔王の幹部の住処《すみか》は――。

「まぁ、切り替えていくしかないか。お前ら、ここからが正念場だと思って、他の魔王の幹部を狙うとしよう。どこがいいと思う？」

「………………」

僕はとにかく不愉快なソアラについての話題を変えることにした。

魔王の幹部の居城はあそこだけじゃないし、もしかしてケルフィテレサよりも弱っちい奴がいるかもしれん。

どうした？　なぜ、黙っている？　なにか話せよ。

「ゼノン、誠にすまぬが某はパーティーを抜けさせてもらう」

「アーノルドに同じく、私も辞めるわ。このパーティー」

「はぁ？　あはははは、冗談だろ？　おいおい、待ってくれよ」

あまりにも真剣な表情に僕は一瞬びっくりしたけど、こいつらドッキリみたいなのが好きだったな。

そういうノリは作戦会議後にしてくれよ。

「本気よ、ゼノン。私たち気づいたのよ。馬鹿にしまくっていたソアラに助けられて。自分たちがいかに傲慢《ごうまん》で、あの子にどれだけ酷いことをしたのか」

「人の道を踏み外して畜生道に落ちていたのは自分たちだったとな。恥じておるよ。そして冒険者失格とも思っている」

「お、おい！　どこに行く!?」

病室らしき部屋のベッドに横たわる僕を尻目に、リルカとアーノルドはどこかに行ってしまった。

嘘だろ？　冗談だろ？

僕はたった一人になったのか。

なぜ、なぜなんだ。なんで、誰も僕についてきてくれないんだよ……！

◇

「おい、聞いたか？　聖女ソアラ様のパーティーが難攻不落の氷の魔城を攻略したんだそうだ」

「へぇ、そりゃすごい。アルゲニアの勇者のパーティーが何度も何度も失敗してたっていう難関なんだろう？」

「単純に勇者が弱すぎたんじゃねーの？」

「かもしれないわ。だって、聖女様って元々勇者様のパーティーにいたらしいし」

なんなんだ、この地獄みたいな世間の噂は……。

まるで、氷の魔城が大したダンジョンじゃなくって、僕が弱いから全滅しまくってたみたいじゃあないか。

そして、ソアラが僕よりも有能で強いみたいじゃないか。

「理不尽すぎるっ!!」

「「──っ!?」」

「お、おい……、あいつ勇者ゼノンじゃないか？」

「今の話を聞かれた？」

「構うことはねーよ。本当のことだし」

「そ、そうね。弱い勇者が悪いのよ。国民の税金を使って冒険してるんだし」

「はは、そりゃあそうだ」

酒場の噂好きのクズどもは僕の存在に気づいても陰口を叩くのをやめるどころか、嘲笑してきた。

こいつら、その辺のギルドに所属してる底辺冒険者だろ？　宮仕《みやづか》えであるこの僕が絶好調のときはペコペコしてたのに、調子が落ちるとこの態度か……。

畜生！　畜生！　畜生！　畜生！　チクショー！　チクショー！　チクショー！　チクショ

ー！　ちっくしょおおおおおおおおおっ!!

底辺のクセに僕を見下しやがって！

まるでソアラの方が僕よりも上みたいな噂を流しやがって！

こんなにも屈辱的なことってあるのか!?

こんなにも勇者たる僕が貶《おとし》められてもいいと思ってるのか!?

リルカも、アーノルドも、僕のことを見限って裏切りやがった。

ソアラに謝りたいと手のひらをひっくり返しやがった。

Sランクスキル持ちというのは選ばれし特別な存在なのに、あの凡庸《ぼんよう》で格下の劣等聖女に頭を下げたいだのと、日和《ひよ》ったことを言うとは思わんかったぞ。

「イライラする……」

「お兄さん。欲求不満って顔をしてるわね。私がいいことしてあげよっか?」

マズい酒を延々と飲んでいたら、紫色の長い髪をしたガキが話しかけてきた。

年齢は十歳くらいだろうか？　どこの娼婦から習ったのか知らないが、こんなクソガキにも僕はナメられているってことか。

「ったく、ガキがこんなところにくるんじゃない。どっか行け！　僕はイライラしているんだ」

「ふふ、私はガキじゃない。アストっていうの。ねぇ、お兄さん。力が欲しくない？　Sランクスキルなんかよりも素敵な力……、あの聖女ソアラをギャフンと言わせる力なの」

「……Sランクスキル以上の力？」

なんだ、このガキ。Sランクスキルよりも強力な能力などあるはずがなかろう。

ガキの言うことにマジになるのは大人げないが、まぁまぁ苛《いら》つく。

だが、こいつソアラの名前まで出してどういうつもりだ？　どこの娼婦のガキだ……？

「悪いがガキの戯言《ざれごと》は――」

「死神ノ唄《デスボイス》……！」

「なっ!?　あ、頭が締めつけられる……！」

僕がアストとかいうガキを追っ払おうとすると、このガキ――不快な音をいきなり放ってきた。

どう形容していいのか。言葉のようで、言葉ではない、声。

それが途轍《とてつ》もなく不快なのだ。頭が締めつけられて、壊れてしまうような……。

「がはっ……」

「ぐふっ……」

「ごほっ……」

酒場の人間は漏れなく頭を手で押さえながら、悶《もだ》え苦しみ一人残らずその場に倒れる。

耐えられているのは僕だけだが、僕の意識もそろそろ限界を迎えそうだ……。

「ふふ、お兄さんの悪口を言ってた人たちを～～、全員殺しちゃったの。どう？　魔族のスキル、死神ノ唄《デスボイス》の力は。ベリルお兄様はよく褒めてくれたの。ソアラに殺されちゃったけどね」
「魔族のスキルだと……!? 確かに今のはSランクスキルとは違った禍々《まがまが》しさがあった……」

このガキ、まさか魔族なのか？ 完全に酔いが醒めた今ならわかる。とんでもない魔力の持ち主だ。

こいつ、僕の意識もその気になれば奪えたはずだ。

あくまでも、酒を飲んで油断していた僕のって意味だが……。

声を聞かせるだけで人間の命を奪う能力──確かに強力だ。

この僕にそんな力があれば……、氷の女王にも負けることはなかったし、ソアラなどのパーティーに後《おく》れを取ることはなかっただろう。

「この力、本当はベリルお兄様の許可なしには使っちゃダメなんだけど。お兄様は死んじゃったから好きに使うことに決めたの。ねぇ、お兄さんが魔族のスキルを得てパワーアップしたら……ソアラを殺してきてくれる？」

「ぼ、僕に力をくれるってことか？ 兄の仇《かたき》であるソアラを殺すという条件で……」

「そういうことなの。お兄さん、頭いいのね。あのお姉ちゃん、傷ついてボロボロらしいの。殺すなら本調子じゃない今がチャンスなの」

「くっ……」

パワーアップ──なんて甘美な言葉だろうか？

Sランクスキル以上の力なんて考えてもみなかった。

今よりもずっと強くなれば、誰も僕のことをバカにしない。

ソアラよりも、あの凡庸な劣等聖女よりも上だってことは、死んでも証明せねばならぬし。

「面白い……！　そんな力が本当にあるなら――そんな力が本当に貰《もら》えるなら、貰ってやる」

「うふふ、いい返事いただけちゃったの。じゃあお兄さん、人間やめる覚悟ある？」

「はぁ……？」

人間をやめるだと？　なに言ってるんだ？　このガキ……。

いや、このガキは魔族。それは文字どおりそういうことなんだろう。

「だってお兄さん、魔族のスキルって魔族だから覚えられるんだよ。ねぇ、ベリルお兄様の代わりになってよ。私のお兄様になってくれたら、すごい力が手に入るの」

「…………」

「魔族に魂を売るの。魔族として人間の限界を超えれば、お兄さんなら確実に強くなる。バカにした連中、見下した連中、全部殺して……もう誰もお兄さんを馬鹿にできなくさせたらいいの」

アストというガキは僕に人間をやめろと、魔族になれと、囁《ささや》いてきた。

笑えるよ。魔物も魔族も、殺しまくってきた勇者であるこの僕が――魔族になるように誘われるなんて。

――だが、それでも僕は諦めたくなかった。

あいつらを、僕をバカにした奴らを、見返してやるってことを。

だから、僕はこのガキを利用する。

魔王やら魔族など知らん。魂を売るつもりはない。あくまでも、パワーアップするために誘いに乗ったフリをしてやるだけだ。

「ふふ、お兄さんがあのお姉ちゃんを殺してくれることに期待してあげるの。まずはこのジルベルタの王都をめちゃめちゃにしましょう」

だが、全部ぶっ壊すのも悪くないかもな。

馬鹿にした連中に復讐するのも――。

「はは、はははは」

僕は久しぶりに笑えるようになっていた。

第四章 ◆ 「聖女VS勇者です」

Banno Skill no Retto Seijo

「さすがに無理をしすぎましたね……」

魔力が切れて、闘気術《バースト》からの百閃煉魔《ひゃくせんれんま》。

筋繊維はズタズタになり、治癒術《ヒール》では応急処置にしかならず……全身に無数の針が刺さっているような痛みを感じる。

王都の宿泊施設のベッドで横になりながら、私は自分の状態を顧《かえり》みた。

しかし、後悔はない。あれだけの強敵と戦う機会など滅多《めった》に訪れないだろう。

それに、結果的に私たちは誰も死なずに済んだのだから万々歳だ。

「……それで、皆さんはなぜ私の部屋に集まっているのですか？」

部屋の中を見回すと、なぜか仲間たち全員の姿があった。

今日はそれぞれ自由にして、しっかりと休むようにと伝えたはずなのに……。

「ソアラ、あなたが心配だったからに決まっている」

「そうですよ～。私たちがついていないと、ソアラ様は無茶するかもしれませんし～」

「姐《ねえ》さん、なにかほしいものがあったら言ってくださいよ。買ってきますから」

「治癒術《ヒール》は苦手ですが、薬草を煎《せん》じて我が家に代々伝わる薬を調合しました。ソアラ先輩、お飲みください」

私は彼女たちの言葉を聞いて、胸が熱くなった。

私は一人じゃない――仲間がいるから頑張れるのだ。

皆の親切に感謝しながら、差し出された薬を飲む。

「うむ。薬を飲んだら眠るがよい。それが身体を治す一番の手段だ」

「ええ、わかっております」

私はローラさんの言葉に従って寝ることにした。

早く身体を十全の状態にして、陛下に拝謁《はいえつ》し……次の依頼に備えないとならないのだから。

「…………」

「…………」

「…………」

(黙ってジッと見られていると気が休まらないのですが……)

私はチラリと視線を向ける。

どうやら皆さんは私が寝たのを確認するまでここにいるつもりらしい。

……やはり気になって眠れない。

でも、それを伝えるとせっかくの皆さんのご厚意を無駄にしてしまうだろう。

ここはグッと我慢をして眠ったフリをする？

（他人の気配には敏感になっていますし、やはり眠れないでしょうね）

こうなったら目を開けて皆さんにお引き取り願うしかない。

私は目を開く。すると、そこには真剣な表情をしたエレインさんがいた。

「おい、お前ら。お前らがいるからソアラ姐さんが煩《わずら》わしく感じて寝れねぇじゃないか」

よかった。エレインさんが私が眠れなくなっていることに気がついてくれて……。

私は安堵《あんど》していたが、次の彼女の言葉でこの場に険悪な空気が流れる。

「ここはあたしに任せて、お前らは部屋を出ろ。一人いれば十分だろ？」

「……んっ？　なぜ、貴様が残るのだ？　エレイン」

「そうですよ～。ここはソアラ様のお世話をずっとしていたこのルミアが残るべきです～」

「いえいえ、ここはお薬を調合したこのわたくしが残りますわ。ソアラ先輩はこのエリスにお任せあれ」

皆さん、この部屋に残りたいと主張している。

ピリッとした空気が張り詰める。

皆さんには仲良くやってほしいと思っているのだけど……私のせいでこんなことになるなんて。

なんとかして止めなければと思いながらも、なにを言えばいいのかわからない。

「あ、あの。皆さん、私なら大丈夫ですからお引き取りください」

「いや、そういうわけにもいかない。我々は仲間なのだから」

「そうですよ～！　ソアラ様のお休み中にもしものことがあってはいけません～！」

「姐さん、ルミアの言うとおりです。いくらソアラ姐さんがそう言っても、ここは譲りませんよ？」

「先輩、ソアラ先輩のお身体は先輩だけのものではありませんわ。わたくしは先輩を心配して……」

だ、ダメだ。私の言葉が届かない。

皆さんは互いに睨《にら》み合い、火花を散らしている。

一触即発といった様子で、今にも戦いが始まりそうだ。

(こうなれば、あの手しかありませんね……)

私はゆっくりと起き上がると、両手を叩いて提案をする。

「皆さん、ここはじゃんけんで決めませんか？」

穏便に済ませるにはじゃんけんが最適だと思ったのだが……。

私の言葉を聞いた途端、皆がポカンとして固まってしまった。

(もしかして、真剣に話しているところにじゃんけんはまずかったのでしょうか……？)

私はその反応を見て、なにか間違えたことを言ったのだと悟ったが、もう遅い。

なにかを言わねば……そう思った瞬間だった。

「あの～、ソアラ様～。〝じゃんけん〟とはなんですか～？」

私の言葉を聞いていたルミアさんが質問してきた。

他の方たちも興味があるようで、こちらを見ている。

そうだった。この世界には〝じゃんけん〟は存在しなかった。前世の知識で発言してしまったと私は猛省する。

「えぇーっと、じゃんけんというものは、ですね」

私は少し恥ずかしくなりながら、じゃんけんについて説明した……。

「なるほど、それは確かに公平な方法だな」

「おもしれー、さすがはソアラ姐さん！　こんなに面白いゲームをご存じとは！」

「ではさっそくやってみましょう～」

「これなら恨みっこなしですわ。……じゃんけん！」

「「「「ポン！」」」」

彼女たちは一斉に手を出した。その結果は――。

エレインさん、ルミアさん、ローラさんが揃《そろ》ってチョキを出したのに対して、エリスさんがグーを出した。

「やりましたわ！　わたくしの勝ちですの！　これでソアラ先輩の看病はわたくしの役目ですね！」

嬉しそうな顔で胸を張るエリスさん。

私はそんな彼女に対して、微笑ましい気持ちになる。

「うふふっ、よろしくお願いしますね」

「はい、お任せくださいませ！」

「むぅ〜」

「くそぉ、負けちまった……」

「まぁ、仕方がないな。勝負で決まったことだ」

悔しそうに頬を膨《ふく》らますエレインさんとルミアさん。

私は少しだけ申し訳ない気分になった。

「まぁいいか。あたしとローラはソアラ姐さんと添い寝した仲だし」

「え、エレインさん？　いきなりなにを？」

「そ、ソアラ先輩？　ほ、本当ですの？　エレインさんとローラさんはそこまで先輩と仲がよろしいんですの？」

「ん？　……ああ、それは事実だ。だが、エレイン。それをわざわざここで言わなくともいいだろう？」

びっくりしたような表情のエリスさんの言葉をローラさんが肯定する。

するとと、エリスさんは顔を真っ赤にして、わなわなと震え始めた。

「ルミアさん、わたくしたち……後《おく》れを取っていますわよ。もっと先輩と仲良く――」

「えっと、エリス様～。私もソアラ様と添い寝したことありますよ～。それに時々、お風呂も一緒に入ります～」

「「「――っ!?」」」

ルミアさんの言葉になぜかショックを受けたような表情になるお三方。

そして、三人は私へと視線を向ける。

「ソアラ、私ともいつか一緒に入ろうじゃないか」

「あ、あたしもだ！　ソアラ姐さんのお背中を流させてください！」

「ソアラ先輩！　わたくしと一緒に入浴いたしましょう！」

「ちょ、ちょっと皆さん落ち着いてください！」

興奮気味の四人を前にして、私は困惑《こんわく》してしまう。

（ど、どうしましょう。このままでは本当に大変なことになってしまいそうです……）

私のせいで皆さんの心がかき乱されてしまっていることに罪悪感を覚えながらも、なんとかこの状況を切り抜けようと思考を巡らせる。

しかし、私の頭ではいい案が思い浮かぶことはなかった。

◆

「すみません、ソアラ先輩。大騒ぎをしてしまいまして」

結局、エリスさん以外が退出するまで一時間くらいかかってしまった。

おかげで疲れ果ててしまったけれど、不思議と嫌な感じはない。むしろ楽しかった。

「気にしないでください。皆さんを見ているうちに、なんだか元気が湧いてきましたから」

「ソアラ先輩……。ありがとうございます」

エリスさんは私の言葉に感激しているようだ。

「ところでエリスさん、そういえばこうしてゆっくり話す機会はあまりなかったですね」

「そうですわね……。氷の魔城攻略で大変でしたから。それに、憧《あこが》れのソアラ先輩とお話するのも緊張してしまいますし」

「緊張、ですか？　私など平民の出ですし、貴族であるエリスさんと比べると格が違いすぎますけど……」

私はそう言って苦笑するが、エリスさんは首を横に振った。

「そんなことはありません。ソアラ先輩は素晴らしい聖女です！　ですから、わたくしは先輩に憧れて家を出たのです！」

「そ、そうでしょうか……？」

私は褒《ほ》められて照れてしまう。

でも、やっぱり自分が優れているとは思えない。

ずっと鈍臭《どんくさ》くてダメダメな自分だと感じていたからだ。

「ソアラ先輩はご自身のことを過小評価しすぎです。もっと自信を持ってください！」

「うーん……。わかりました。努力します」

私は少し考えたあと、エリスさんの言葉を受け入れることにした。

自信は私にとって一番足りないものかもしれない。そこは改められるように頑張ろう。

「はい！　あの、実はわたくし、聖女になる前に……一度ソアラ先輩のお姿を見たことがありますの」

「そうなんですか？」

「ええ、ルルテミア平原で……、多くの魔物をお一人で相手取って、行商人の方々を助けられておりました」

あのとき、か。

あの日のことはよく覚えている。ゼノンさんが、私に後方からくる魔物を押さえるように指示を出していて……想像以上に多くの魔物が押し寄せてきたのだ。

ルルテミア平原は貴族たちが避暑地として利用している土地へと続く途上にあったため、エリスさんが通りがかって見ていても不思議ではないかもしれない。

「あのとき、わたくしの馬車は大きな魔物に襲われそうになったのですが……、ソアラ様が剣術で一閃《いっせん》！　あのときの先輩、格好よかったですわ……！」

キラキラとそのサファイアのような瞳を輝かせて、回想するエリスさん。

こうして誰かを助けて、その誰かが他の誰かを助ける力を手にしたと考えると感慨深い。

「それからわたくしはソアラ先輩のファンになりました。……ですから聖女の力を得て、憧れのパーティーに勧誘されたときはとても嬉しかったのです」

彼女はゼノンさんのパーティーに入ることを二つ返事で了承したと聞いている。

貴族の娘が冒険者になるなど、思いきったことをするな、と思っていたがそういう背景があったのか。

「それで……ソアラ先輩。ひとつだけお願いがあるんです」

「お願い、ですか？」

改まってそんなこと言うエリスさんに、私は頭の中に疑問符を浮かべる。

なんだろう？　まったく、見当がつかない……。

「その……、また今度でよろしいので、わたくしとご一緒に王都を回りませんか？　夢でしたの。先輩と一緒に街を歩くことが」

エリスさんは不安そうな表情で私を見つめてくる。

なんだ……そんなことか。わざわざお願いという前置きをされたので構えてしまっていた。

「もちろんですよ。怪我が治りましたら、いずれ必ず」

「本当ですか!? 嬉しいです！ 約束ですからね！」

「ええ、楽しみにしていますね」

私がそう言うと、エリスさんは満面の笑みになった。

やはりこうしてゆっくり仲間と話す時間は必要かもしれない。

「それで、その……」

「……エリスさん？ まだ、なにかありましたか？」

エリスさんは姿勢を正して、まっすぐにこちらを見る。

その目は真剣そのもので、輝きがいっそう増したように感じられた。

……これはいったい？ 私が思わず息を呑んだ瞬間、彼女は口を開く。

「ソアラ先輩、大好きです！」

「ふぇっ!?」

突然の告白を受け、思わず変な声が出てしまう。

そんな私に対して、エリスさんはとても可愛らしい微笑を見せた。

(もう、本当に可愛いらしい人ですね。こんなに慕《した》ってくれているなんて)

私は彼女の気持ちに応《こた》えるべく、勇気を振り絞って言葉を口にする。

「私もエリスさんのことが好きですよ。これからもよろしくお願いします」

「――っ!? は、はいっ!!」

エリスさんは顔を真っ赤にして返事をした。

「すみません。そろそろ寝ますね。エリスさんのお薬が効いたのか身体が楽になって眠気が……」

「そう……ですね。おやすみなさいませ、ソアラ先輩」

エリスさんの寂《さび》しげな顔に後ろ髪を引かれつつも、私はベッドに横になる。

「エリスさん、おやすみなさい。また明日もお話ししましょうね。それと――ありがとうございます。あなたのおかげで今日はぐっすり眠れそうです」

「ソアラ先輩……。こちらこそ楽しい時間をどうもありがとうございました。お礼を言うのはわたくしのほうです！」

「では、お互い様ですね。それではおやすみなさい」

「はい、ゆっくり休んでください。おやすみなさい、ソアラ先輩」

エリスさんの優しい言葉を聞きながら、私の意識は眠りに落ちていった。

◆

翌朝、目を覚ますと、身体がびっくりするほど軽くなっていた。

（エリスさんのお薬のおかげですね）

包帯を外してみるが、傷口は完全に塞《ふさ》がっている。

これなら明日には完治しているだろう。

昨日は色々あったけれど、エリスさんと仲良くなれたのはよかったと思っている。

「さて、朝食を摂《と》りましたらエリスさんを誘って買い物にでも行きましょう」

私はそう呟《つぶや》くと、着替えをして部屋を出た。

「おはようございます、ソアラ先輩」

食堂に行くと、そこには既《すで》にエリスさんの姿が見える。

どうやらとうに朝食は済ませているみたいだ。

「おはようございます、エリスさん。早いんですね」

「はい。ソアラ先輩、包帯を取っていますが怪我の具合は大丈夫なのですか？　わたくし、ずっとそれが心配でして」

エリスさんは私の身体を気遣《きづか》ってくれていたようだ。

「えっと、その、今朝起きたときにはもうほとんど痛まなかったんですよ。だからこうして動けています。きっとエリスさんの薬がよく効いたおかげです」

「そうだったのですね。安心しましたわ」

「それで、もしよければこのあと、王都の街へ一緒に出掛けませんか？　昨日、お約束したばかりで恐縮ですが」

私はエリスさんに提案する。昨日は怪我がいつ治るかわからなかったので時期を曖昧《あいまい》にしたが、この感じなら出かけるくらい、なんともなさそうだ。

「はい！　喜んでご一緒させていただきますわ！　あぁ、楽しみです」

彼女は嬉しそうな笑みを浮かべる。

まさかこんなに喜んでくれるとは思わなかった。

「ふふっ……。私もですよ」

私はエリスさんの言葉に微笑む。

そして、私が食事を終えると、二人して外出の準備をした。

（街中なので戦闘はないかと思いますが、念のため剣は持っていきましょう）

街に出ると、エリスさんは一層楽しそうな顔をした。

私もそんな彼女を見て明るい気分になる。

「ソアラ先輩！　見てください、この服。可愛いと思いませんか？」

「ええ、とてもよく似合ってますよ」

「うぅ、ソアラ先輩にそう言ってもらえると嬉しいですわ！」

私たちはそんな会話をしながら王都を歩く。

エリスさんはいつもと違って可愛らしい服を着ており、私もなんだか新鮮な気分になった。

さすがは貴族のご令嬢。おしゃれにも気を遣っている。

「あの……ソアラ先輩。よろしかったら手を繋ぎませんこと？　実は憧れていましたの」

「えっ？　手を、ですか？　……いいですよ」

(貴族の中ではこういうのは当たり前なのでしょうか？　嫌ではありませんが少し驚きました)

変わった提案をすると思いつつも、私はエリスさんの手を握る。

彼女の手はとても柔らかくて温かかった。

「えへへ、嬉しいです。一生の思い出にしますわ」

(本当に変わった方ですね……)

エリスさんはとても幸せそうに微笑んだ。

そんな彼女につられて私も笑顔になる。

その後、私たちは色々な場所を見て回った。

雑貨屋さんでは小物を見たり、お菓子屋さんでお菓子を買ったりした。

武器屋さんに行ってみると、エリスさんが真剣な表情で剣を見ている。

「剣にご興味がおありですか？」

「はい。先輩が聖女なのにもかかわらず剣をお使いになるので、わたくしも……、と考えておりました」

「なるほど……。確かに魔法だけでは心許《こころもと》ない場面もありますものね。私は少しでもパーティーの手助けになれれば、という理由で覚えましたが……」

魔物の中には魔法耐性のある個体も存在するため、接近戦ができるに越したことはない。

「剣を持ってみますか？」

私が店員さんに声をかけると、お店の奥へと案内される。

「こちらの商品などはいかがでしょう」

そう言われて差し出されたのは、一振りの片手用直剣だった。

私が使っている剣とほとんど同じサイズである。

「お、重いですわ……、ソアラ先輩はこんなに重たいものを振り回しているんですの……？信じられません」

エリスさんはその重さに耐えかねているのか、手がプルプル震えていた。

無理もない。こんな鉄の塊《かたまり》、初めてならば誰でもそうなる。

「慣れれば、ある程度は自由に扱えるようにはなります。ただ、無理して持つ必要もないと思いますよ。その剣は初心者には向いていないようですし」

「そうですか……。残念ですわ」

エリスさんが悲しげな顔をしたので、私はなにか別の剣を探すことにした。

「このあたりのはどうでしょう。護身用の短剣です。軽くて扱いやすいですよ」

私は小さなナイフのような得物《えもの》を購入してエリスさんに渡した。

これならエリスさんでも扱えるだろう。

「ちょっと外に出て素振りしてみましょうか？」

「わ、わかりました。やってみますわ」

エリスさんは意を決すると、ゆっくりと構える。

先程のものとは違って軽いので安定感はあるようだ。

「こうやって持ったほうがいいですよ」

私はエリスさんの手を握りながら、その持ち方をレクチャーする。

彼女は恥ずかしそうだったが、私の言うとおりにしてくれた。

「こ、これで大丈夫ですわ。……あら？　意外に簡単ですわね」

「ええ、コツさえ摑めば難しくありませんよ。あとは練習あるのみです。収納魔法《アイテムボックス》！」

私はそう言いつつ、自分の短刀を振ってみることにする。

エリスさんが見守る中、素振りをしてみた。

「ふぅ、それでは……ちょっとだけ実戦でどう使うのかお見せしましょう。このように構えてください」

「は、はい。こうですかね？」

私はジェスチャーを交えて、短刀を構える。

するとエリスさんも、こちらを真似するように構えた。

「いきます！　はぁっ！」

私は気合いを入れて、エリスさんに斬りかかる。

「ひゃっ!?」

エリスさんは驚いて尻餅《しりもち》をついてしまった。私は慌てて駆け寄る。

少し気合いを入れすぎたみたいだ。

「すみません、驚かせてしまいましたね。怪我はないですか？」

「あ、ありがとうございます……、ソアラ先輩。みっともないところをお見せして恥ずかしいですわ……」

エリスさんは赤面しながら立ち上がる。

よほど恥ずかしかったのか私と目を合わそうとしない。

「いえ、そんなことはありませんよ。最初は誰だってあんな感じになります。私も初めて短剣を手にしたときは似たようなものでしたから」

「ソアラ先輩が……？　……そういえばこの剣のお金、まだお渡ししていませんでしたわ。おいくらでしょうか？」

「えっ？　お金などいりませんよ。お薬のお礼です。プレゼントさせてください」

「そ、ソアラ先輩がわたくしにプレゼントを？　う、嬉しいですわ。涙が出てきましたの」

（……な、泣いてる!?）

　エリスさんの目からは大粒の涙がこぼれていた。

　私はハンカチを取り出すと、彼女の目元に当てて拭《ふ》いてあげる。

「ほら、泣かないでください。せっかくの可愛いお顔が台無しですよ？」

「はい……、ぐすん。あの、わたくし頑張りますわ。頑張ってこの剣を使いこなしてみせます」

　エリスさんが決意を新たにしているので、私も応援することにした。

「ええ、一緒に頑張りましょう。わからないことがあったら聞いてください。私以外にもローラさんは剣の専門家ですから、もっと詳しいですよ」

「はい、頼りにしています。先輩……」

　彼女が笑顔を見せてくれたので安心した。

　泣きだしたときはどうしようかと思ったが、楽しそうにしているのでホッとする。

「ソアラ、私の名を呼んだか？」

「ひゃっ!?　ろ、ローラさん。いつの間に……？」

「今来たところだ。エリスもいるのだな。二人とも、武器屋の前でなにをしていたんだ？　随《ずい》分《ぶん》仲良さげに見えるぞ」

　そう言われるとなんだか照れくさい。

エリスさんも同じ気持ちなのか、頬を染めていた。

「エリスさんが剣に興味があると仰《おっしゃ》るので、短刀の使い方をお教えしていたんですよ」

「なるほどな。そういうことか。……ふむ、それで手取り足取り教えていた、と」

なぜかローラさんは意味深《いみしん》な視線をこちらに送ってくる。

えっと、それはどういう表情？　私はどうしたらいいかわからず固まってしまう。

「あ、あの、ところでローラさんはどうしてこちらにいらしたんですの？」

そんな変な空気を察してか、エリスさんは話題を変える。

そういえばそうだ。ローラさんがこちらにきたのは偶然なのだろうか……。

「あ、ああ、そうだった。……ソアラ、あのベリルという魔族を覚えているだろ？」

「はい、覚えていますよ。リディアーヌ殿下の命を狙ってきた、彼ですよね？」

「そうだ。あの男の隣にいたアストという魔族の少女。さっき、エレインたちと歩いていたら見かけてな。それを知らせるためにあなたを探していたわけだ」

私は驚いた。まさかこの王都に魔族が潜入しているなんて。

やはり予知能力があるという殿下を狙っているのだろうか。

「リディアーヌ殿下に危険が迫っているかもしれませんね……」

「ああ、エレインとルミアが尾行している。奴は空を飛べるから追跡しきれない可能性が高いだろうが……」

「わかりました。私も探します！」

私はそう言うと、すぐに店を出ようとする。

だが、その腕をエリスさんが摑んで止めた。

「待ってください！　ソアラ先輩はまだお怪我が完全に癒《い》えていませんの。危険ですわ」

「大丈夫ですよ。これくらい平気です」

私はそう言って立ち去ろうとするが、また止められてしまった。

「いけませんわ。無理をしては治るものも治りませんもの」

「うっ……、でも……」

確かにエリスさんの言っていることは正しい。

私はしぶしぶ引き下がることにした。

「ソアラ、エリスの判断が正しい。それにエレインやルミアにも深追いはするなと言ってある。私たちは宿に戻って彼女らの帰還を待とう」

「そうですね……、わかりました」

こうして私たち三人は宿屋に戻ることになった。

宿屋の共用スペースで待っている間も、私はどこか落ち着かなかった。

もし本当に魔族がここに入り込んでいたとしたら、大変なことになるかもしれないからだ。

（本調子でないときに強敵と戦うことになったら）

そう考えると気が気でない……。

「……わたくしと出会う前にそんなことがありましたの。……そうですか。リディアーヌ様が」

私とローラさんからリディアーヌ殿下の護衛任務の話を聞いたエリスさんは、真剣な面持《おもも》ちで呟く。

「エレインさんとルミアさんがどこまでアストとやらの目的に迫れるかわかりませんが、もしかするとまた殿下が危険に晒《さら》される可能性があります」

「ええ、心配ですわね」

「うむ……、一応衛兵には殿下の警護を厳重にするように忠告はしたが……」

「…………」

魔族の力は強い。ベリルもケルフィテレサも強敵であった。

アストという少女の力は未知数だが、あのとき私はベリルよりも彼女のほうが恐ろしいと感じたのだ。

もし彼女と戦うことになれば、王国の精鋭たちといえど無事では済まないかもしれない。

（だけど、リディアーヌ殿下を守らないと……）

私の心は既に決まっている。

例えこの身がどうなろうとも、必ず彼女をお守りする。

友人になったのだから当然だ……。

「もどかしい、ですね。こうして待つのは」

「ソアラの気持ちはよくわかる。私だって同じ思いだ。……だからこそ、今は休め。いざというときのために体力を回復させておくんだ」

「はい、わかっています」

私はそう答えると、目を閉じて瞑想をする。

少しでも体調を整えようと努めたのだ。

そしてしばらく時間が経《た》った頃だった。

（……エリスさんにいただいた薬、本当によく効きますね。思ったよりもずっと早く傷が完治しました）

私は瞑想に入る前、エリスさんから貰《もら》った薬を再び飲んでいた。こうすることで回復を早めようと試みたのだ。

今朝……傷口が完全に塞《ふさ》がり、今、この瞬間あらゆる痛みから解放される。

おかげですっかり動けるようになった。

「よし、もう大丈夫そうです。ローラさん、エリスさん。……それに」

「姐さん！　ただいま戻りました！」

「ソアラ様～！　お怪我の具合は大丈夫ですか～？」

私が声をかけようとしたタイミングで、エレインさんとルミアさんが戻ってきた。

口を開いたのは、気配で彼女たちの接近がわかったからである。

「おかえりなさい。どうでしたか?」

「ええ、あのガキのアジトみたいな場所を見つけましたよ！　王都から少し外れた森の中にある小屋でした」

「はい、中に入っていったのを確実にこの目で見ました～」

「なるほど……」

あっさりと見つけたということから、我々をおびき出す罠《わな》の可能性も頭に過《よ》ぎる。

罠ならばリディアーヌ殿下というより、狙いは私たちになるが。

アストはベリルを「お兄様」と呼んでいた。

もしかして、彼女は兄を殺した私を恨んでいるのかもしれない。

「あと、これは見間違いであってほしいんですが、あのガキはとんでもない奴と一緒にいました」

「とんでもない奴?　どなたですか?」

「……ゼノンです。勇者ゼノンが魔族のガキと一緒にいたんですよ」

「ええ!?」

私は驚いてしまった。

まさかこんなところでその名前を聞くとは思わなかったからだ。

氷の魔城からエリスさんによって救出されて、このジルベルタ王都の病院に送られたところまでは聞いていたが、いったいなにが起こったのだろうか。

「そ、それは本当なのかエレイン」

「ああ、間違いねぇ。……あの赤い髪は一度しか目にしてないが見間違わねぇよ」

「驚きましたよね～。どうして勇者様が魔族なんかと一緒なんでしょう……」

「わかりません。とにかく、罠の可能性も考慮しつつ……明日その場所に行ってみましょう。そこでアストという魔族の少女の真意を探る必要がありますね」

私はそう提案する。

エリスさんは静かに首肯《しゅこう》し、ローラさんも同意してくれた。

「ふふ、明日って随分とのんびりしているのね。お姉ちゃんたち」

そのとき、突然第三者の声が聞こえてきた。

私たちは一斉に振り返る。……そこには一人の少女がいた。

紫色の長い髪を揺らしながら、不敵に笑っている。

その顔立ちはとても美しく、まるで人形のように整っていた。

この顔には見覚えがある。まさにエレインさんたちが先程まで追跡していた対象だ。

「あ、アスト……！　てめぇ、なんでここにいやがる！」

「間抜けなハーフエルフさん。あなただって尾行していたのに、自分もそのあと尾行されるなんて考えなかったの？」

アストは嘲笑するように言った。

そういうことか。誘い出して油断させて逆にこちらを尾行して……私たちの居場所を探ったというわけか。

「くっ、いつから気づいてたんだよ」

「最初から。あなたたちは隠れているつもりだったんでしょうけど、私にはバレバレだったわよ」

「ちっ……、あたしとしたことが」

エレインさんは悔しそうにしている。完全にアストの方が上手《うわて》であったようだ。

（この子が魔族の少女……）

私は改めて彼女を見つめる。

見た目は十歳くらいだろうが、魔族なので実年齢はわからない。

美しい少女だ。だけど前回も思ったが……どこか得体《えたい》の知れない恐ろしさを感じる。

「アスト、お前の目的はなんだ？　またリディアーヌ殿を狙うつもりか？」

「ううん、違うの。私は別に王女様に興味はない。あるのはあなたたちなの」

「我々……だと」

「そう。ねえ、教えてくれるかな？　私のお兄様を殺してどんな気持ちなの？　人間ごときが魔族を殺してのうのうと生きられると思うの？」

「……」

私は黙り込む。この子はやはり、私たちのことを恨んでいるようだった。

エリスさんは、そんな彼女の様子に気づいたのか、私を庇《かば》うように前に出る。そして厳しい表情で問いかけた。

「あなた方がリディアーヌ様を狙ったのが先ですわ！　それを返り討ちに遭《あ》ったからといって逆恨みするのは筋違いです！」

「人間の理屈は知らないの。でも本当はもうベリルお兄様のことはどうでもいいといえば、そうなの」

「な、なんですって⁉」

アストの言葉にエリスさんは驚いた。

さっきまで復讐について語っていて、今度はどうでもいいとはどういう心境なのか。

(なにを考えているのか、まったく読めません……)

「あのね、私……新しいお兄様を作ったの。だからベリルお兄様のことは失敗作だったたって忘れられそうなの」

「作った？　失敗作？　てめぇ、わけのわからないこと、抜かしてんじゃねぇ！　燃やされてえか!?」

「うるさいハーフエルフさん。会話の邪魔しないでくれる?」

アストが手を上げると魔法を使おうとしていたエレインさんの足元から黒い霧《きり》が発生し、彼女を包み込んだ。

(魔法の発動が早すぎて、追いきれませんでした……)

「ぐあっ! て、てめぇ、はなせ!」

「おとなしくしていてね。大丈夫、すぐに解放するから」

エレインさんは必死にもがくが、魔法による拘束が強くて逃れられない。

アストは再びこちらへ視線を向ける。

「それで、話を戻すけど……私は新しくお兄様を作ることに成功したの」

「……意味がわかりません」

「うん。ベリルお兄様は魔王軍の中でもいずれは幹部になれるほどの有望株だったの。でもあなたたちに負けて死んじゃったの。……これで私の、人間から魔族を作り出す研究はまだまだだと証明されたの」

「……人間から魔族を生み出す? それはいったい、なにを意味していますの?」

「言葉どおりの意味なの。ベリルお兄様は元々は死刑囚の人間なの」

「えっ?」

アストはそう言って両手を広げる。

すると彼女の背後から、ゆっくりと人影が現れた。

その姿を見た瞬間、私は絶句する。

「ゼノン、さん……」

そこにいたのは間違いなく、あの勇者ゼノンであった。

彼は無言のまま、私たちを見つめている。

その瞳からは生気が感じられず、まるで人形のような印象を受けた。

「ゼノンお兄様は私が作り出した実験体第二号なの。ふふ、びっくりした？」

「……なんということを」

「あれ？　あんまり驚いてないんだ。もっと驚くと思ったの」

アストはつまらなそうにしている。

だが私は衝撃のあまり、声が出せなかった。

まさか、彼女が人間を材料にした魔族を生み出していたなんて……。

「どうして、そんなことを……」

なんとか言葉を絞り出す。

彼女は口元に手を当てながら、笑みを浮かべた。

「だって、人間が憎かったの。この世界を我が物顔でぬくぬくと生きている人間はみんな嫌いなの。魔王様はまだ本気を出してくれないし、私が頑張って殺す努力をするしかなかったの」

「……」

私は言葉を失う。

魔族の少女は心底楽しげに語ったが、その内容はあまりにも狂っていた。

(とにかくゼノンさんをどうにか元に戻しませんと……)

「さぁ、ソアラお姉ちゃん。ゼノンお兄様があなたを殺したいって。……ゼノンお兄様は、すごく強いの。お姉ちゃんたちを皆殺しにするくらいなの」

「くそぉ！　この野郎！　はなせぇ！」

エレインさんは依然《いぜん》として黒い霧の中で暴れているが、魔法によって動きを封じられている。

このままでは危ないかもしれない。

「……あなたの主張はわかりました」

「ソアラお姉ちゃん、怒っているの？　ふふ、その顔好きだよ」

「まずはエレインさんを返してもらいます」

「えっ？」

エレインさんを覆《おお》っている黒い霧が、文字どおり霧散《むさん》すると、アストは初めて驚いた表情を見せた。

「あらまぁ。すごいの。魔法耐性のある結界を張っているのに、あっさり解除されちゃったの」

「長話をしてくれたおかげで、ある程度の分析はできましたから」

アストが話している間も、私はエレインさんの拘束を解こうと頭をフル回転させていた。

幸いそこまで複雑な術式ではなかったので、私のトラップ解除魔法を使ってなんとか彼女を救出することに成功する。

「姐さん、ありがとうございます！　おかげで助かりました！」

「エレインさん！　無事でよかったです！」

私たちはお互いに握手して、喜び合う。

するとアストは目を細めて、私たちを観察し始めた。

「なるほど、やはりソアラお姉ちゃんは強いのね。ゼノンお兄様の強さを測るには申し分ない相手なの」

「……ゼノンさんを元に戻してくれませんか？」

「うん？　……ソアラお姉ちゃんはバカなの？　ゼノンお兄様はあなたと今から殺し合いをするんだよ？」

アストが指を鳴らすと、ゼノンさんの瞳が紫色の光を発する。

次の瞬間、彼は……アストを思いきり蹴りつけた。

「くっ！」

「この僕に魔族が指図するな！　僕は、僕は！　誰の指図も受けん！　力だけもらうためにお前を利用したんだ！」

「きゃあ!?」

ゼノンさんはアストを押し倒し、マウントポジションを取る。

そして何度も拳を振り下ろした。

「さすがは私が作った最高傑作なの……、プライドが高すぎて言うことを聞かないのは難点だけど」

「黙れぇ！　この魔族のガキめ！」

「うぐっ」

アストの顔から血が流れる。それでも彼女は抵抗することなく、されるがままになっていた。

「死神ノ唄《デスボイス》……！」

「うがあああ！　頭が！　頭が割れる！」

突如としてアストから放たれる不快な音。

まるで聞いたことのない声音《こわね》で、言葉なのかすらわからない。

（頭が締めつけられて、生命力が直接持っていかれそうになります）

仲間たちも皆苦しんでいる……。このままではまずい……。

「破邪結界《アンチデモン》！」

私は魔力を練り上げて、仲間全員に補助魔法をかける。

これで多少なりとも、彼女の不快な音波の威力を軽減することができるはずだ。

「……さすがソアラお姉ちゃんなの。私にとって唯一の攻撃スキルをあっさりと防ぐなんて。……でも、ちょっと遅いの」

「どういう意味ですか？」

「ゼノンお兄様の調教が完了したの。今のお兄様はソアラお姉ちゃんを殺すことしか考えられないの」

「なんだと!?」

「うがあああ!!!」

ゼノンさんは叫びながら立ち上がると、私を睨みつける。

彼の身体からは、どす黒いオーラのようなものが漂っていた。

「ゼノンさん、正気に戻ってください！」

私は呼びかけるが、彼からの返事はない。

まるで理性のない獣のように、鋭い眼差《まなざ》しを向けてくるだけだ。

(これは本当に手加減をしている余裕などないかもしれません)

「ソアラ！　お前のような劣等聖女がこの僕を見下すなァァァ!!」

「くう……」

ゼノンさんの拳が迫る。

私はそれをなんとか回避するが、あまりの速さに冷や汗が止まらない。

「ふふ……ゼノンお兄様、魔族のスキルを見せてやるの」

「がぁ！」

ゼノンさんは私の動きを読んでいたのか、瞬時に距離を詰めると、両手で私の首を掴んできた。

そのまま体重をかけて押し倒される。

「かはっ！　く、苦しいです……！」

「ソアラお姉ちゃん、もう終わり？　お兄様は全然本気を出してないのに」

体格差があるが、ここは柔術を使ってどうにか脱出を試みる。

相手の力を利用して、受け流すイメージ。

「なっ!?　ソアラ！　くそっ！　こんな小細工で！」

「ぐ、ぐう」

だが、ゼノンさんの力は想像以上に強く、技が決まらない。以前も力は強かったが、今は岩山をも粉々にしたアーノルドさんよりも遥《はる》かに強い……。

首への圧迫が強すぎて油断すると、すぐにでもへし折られてしまう気がした。

このままだと、まずいかもしれない。

「姐さんになにしやがる！　炎蛇《フレアスネイク》！」

「小賢《こざか》しい！」

エレインさんが放った魔法は、ゼノンさんの拳によって打ち消されてしまう。

しかし、その隙《すき》になんとか脱出することができた。

「ごほっ、ごほ。ありがとうございます、エレインさん」

「いえ、それよりどうしますか？　……あいつ普通じゃありませんよ」

「それより、こんなところで戦っては被害が計り知れません。外に出ます」

「ソアラ様～、こんなときでも周りのことを考えていたんですか～？」

仲間たちと顔を見合わせて、私たちは窓から外に出て走る。

この宿から少し離れた位置に開けた場所があったはずだ。そこなら、戦いやすいはず。

（それにしても……ゼノンさんの力が強すぎる。今の彼は人間じゃない）

「ふふっ、ソアラお姉ちゃん、鬼ごっこがしたいの？　いいの、ゼノンお兄様に捕まったら、すぐに殺されちゃうけど」

「ソアラ！　この僕のSランクスキル聖炎領域《セントバーナード》に代わる最強の新スキルを見せてやろう！

闇鴉の爪《クロウクロー》」

ゼノンさんは指を鳴らすと、上空に大きな魔法陣が現れる。そこからなにか巨大なものが降りてきた。

「なっ……あれは！」

現れたのは……とんでもない大きさの鴉《からす》だった。

その鴉はゼノンさんの身体の中に入り融合する。

「があああ！」

彼の赤い髪は真っ黒に染まり……そして雄叫《おたけ》びをあげると、翼を大きく広げた。

「すごい……、あんな大きな鳥は初めて見ました～」

「ルミア、呑気なことを言ってんじゃねーよ。……つーか、これヤバくね？」

「あれがゼノンさんだなんて、信じられませんわ」

仲間たちも呆気《あっけ》に取られている。

それほどまでにゼノンさんの変貌ぶりは凄《すさ》まじかった。

（……まさか、これほどとは）

「あははは！　これが僕の新しい力だ！　さぁ、ソアラ。お前には絶望を与えよう」

「…………」

正直、なぜゼノンさんに、ここまで恨まれているのかわからない。

アストに操られているだけかもしれないが……。

だけど、ここで私は負けるわけにはいかない。

負けてしまったら、王都がとんでもないことになる。

「……皆さん、力を貸してください。ゼノンさんからは、あの氷の女王ケルフィテレサ以上の力を感じますが、このまま放置することはできません」

「ええ、そうですわね。ソアラ先輩……わたくしたちでゼノンさんを止めましょう」

「そんなの当然だ！」

「頑張りましょ～」

「ソアラ姐さん、あたしはいつでも準備万端ですよ！」

頼れる仲間がいる。だから私は安心して戦うことができるんだ。

みなさんと力を合わせれば、きっと……。

「ゼノンさん、あなたを救います！」

「ソアラァ!!　お前だけは許さないぞ!!」

黒い巨鳥と一体化したゼノンさんが、私に向かって突進してくる。

私はそれを避けようと横に跳ぶ……が、それは罠だったようだ。

「なっ……！」

私の着地地点には魔法陣が敷かれていて、そこから闇の鎖が伸びてくる。

その鎖は私の足に絡《から》みつくと、そのまま空中に持ち上げられた。

「ソアラになにをする！」

「許しませ～ん！」

「黙れ！　雑魚《ざこ》ども!!」

ローラさんが剣で、ルミアさんが拳で、それぞれ攻撃を仕掛けるが……しかしゼノンさんは難なくその黒い翼で防いでしまう。

「なにこれ、全然攻撃が通じないです～」

「ソアラ、今助けてあげるから待っていろ！」

「邪魔だ！　消えてろ！」

ゼノンさんの蹴りが二人を襲う。二人はそれをまともに喰らい、遠くまで吹き飛ばされてしまう。

「うぅ……」

「強すぎます～……」

「次はわたくしの番ですわ！　栄光への道《シャイニングロード》ッッ！」

エリスさんは両手を合わせて、Sランクスキルである最大出力の光系魔法を放った。

さすがは私たちのパーティーで最高の火力を持つ魔法。

ゼノンさんは私の拘束を解いて両手で防御するが……しかし、それでも威力を殺すことができずに後方に押し戻される。

「くそっ、なんて馬鹿げたパワーなんだ！　だが、この程度ならいくらでも耐えられる」

「なら、これはどうです？　聖雷槍撃波《ライトニングランス》！」

今度は、私が全力の魔法を放つ。

聖なる光の力を纏《まと》った巨大な槍をゼノンさんに向けて放つが……しかし、これもまた簡単に弾《はじ》かれてしまった。

「無駄だよ、ソアラ！　エリスのSランクスキルならともかく、劣等聖女であるお前が僕を傷つけられるものか」

「そんなことは……やってみなければわかりませんよ？　聖雷槍撃波五重奏《ライトニングランスクインテット》！」

今度は五発連続で光の槍を放つ。これはケルフィテレサにも通用した魔法の運用法だ。

これで多少なりともダメージを与えられるはず。

「さっきよりマシだが軽いねぇ！　そんなのじゃ僕は倒せない。お前のような凡人が努力したところで僕には通用しないんだよ！」

「くっ……やはりダメですか」

「ソアラ、大丈夫⁉」

「はい、問題ありません。今度は剣技で戦おうと思います。ローラさん、合わせてください」

「闘気術《バースト》」

私とローラさんは同時に闘気術《バースト》で身体能力を上げて剣を構える。

「いくぞ、ソアラ」

「はい！」

二人でゼノンさんに斬りかかるが……しかし、その瞬間、ゼノンさんの身体の中から漆黒《しっこく》の鴉が飛び出して襲いかかってきた。

「きゃあああ!!!」

「ぐあっ!!」

私たちはなすすべもなく弾き飛ばされる。

「あはは！　僕の勝ちだ！　身体強化で多少強くなったつもりだろうが、所詮《しょせん》は脆弱《ぜいじゃく》なスキル！　僕の闇鴉の爪《クロウクロー》に蹂躙《じゅうりん》されることに変わりはない！」

ゼノンさんが勝利宣言をする。

私は悔しさで歯嚙みする。

確かに今の私たちではゼノンさんには勝てない。レベルが違いすぎる。

しかし、このまま負けるわけにはいかない。

(なんとかしませんと……)

「ソアラ、お前は最後にしてやる。まずは仲間たちが倒れる姿を見て、自分の無力さに絶望しろ」

「――っ!?」

ゼノンさんは仲間たちに向かって無数の漆黒の鴉をけしかける。

みんなは必死で応戦しているが、その動きは明らかに鈍《にぶ》っていた。

「うぅ……」

「ソアラ様～、ごめんなさ～い。もう限界です～」

「ちくしょう。こんなところで終われないのに……」

「ごめんなさい、ソアラ先輩。わたくしも……」

こんなとき何もできない私は、なんて情けないのだろう。

たくさんのスキルを得て、それを同時に使えるように磨き上げたのに、ゼノンさんには通用しなかった。

私はやはり劣等聖女なのだろうか。

これでは、私のために……こんな私をリーダーとして信じて仲間になってくれた皆さんに申し訳が立たないではないか。

(もう、ダメかもしれま――)

『それではソアラ様！　初仕事となりますがはりきっていきましょう～！』

「――っ!?　ルミアさん……？」

目を閉じそうになったとき、私の頭の中で仲間の声が響く。

『それに……、エレインはきっとこんなすごい技をソアラには教えないはずだ。わ、私のほうがソアラのことを――』

『どうです？　ローラなんかじゃ、こんなにすごい魔法は教えられないでしょう？　やっぱり、あたしがソアラ姐さんの右腕ですね！』

こんなときに走馬灯のように駆け巡るのは、仲間たちと笑い合って過ごした日々。

そうだった。ローラさんやエレインさんからは術まで教えてもらったのだった。

物覚えがいいことと、複数のスキルを同時に使うことだけが取り柄《え》の私に──。

(待ってください。複数のスキルを同時に……使う、ですか？)

ここにきて私は最後の手段を閃《ひらめ》く。

そうだ。まだ、これを試していなかった。

ローラさんとエレインさんに教えてもらった闘気術《バースト》と身体強化《ギアラ》……二つとも身体能力を飛躍的に上昇させる術だ。

ならばこの二つを同時に発動させることができれば、あるいはゼノンさんに届き得《う》る力になるかもしれない。だが──。

(身体への負担は……考えたくもないですね。これでダメなら敗北は必至ですし)

私は勝ちへの希望が見えても、まだ迷っていた。リスクがあまりにも大きいからである。

『ソアラ先輩はご自身のことを過小評価しすぎです。もっと自信を持ってください！』

そうだ。自信を持て。身体への負担がどうした？

私にもここまで努力して得た力がある。大丈夫だ。きっとなんとかなる。

私は立ち上がり、そして──ゼノンさんを見据えた。

「なんだ、ソアラ。まだ戦意喪失していなかったのか？」

彼はニヤニヤと笑みを浮かべて、初めて自《みずか》らの剣を抜く。

ここまで彼はまだ本気ではなかったのかもしれない。

（ルミアさん、ローラさん、エレインさん、エリスさん。あなたたちとの出会いは私にとって財産です。心強い仲間たちがいなかったら、私は立つことすらできなかったでしょう）

「超身体強化術《フルバーストギア》……！」

身体能力を強化する術を二つ同時に発動……その瞬間、私は自分の体重を感じなくなった。

真っ赤な蒸気のようなものが全身から噴き出して、血液が沸騰していると錯覚するくらい身体が熱い。

まるで仲間たちの力が背中を押してくれるような……そんな気分だった。

（これなら、負けません！）

「いきます‼」

私は地面を蹴った。それはまさに爆発的なスピードだ。

私の身体が弾丸のようにゼノンさんに迫る。

「なっ⁉　は、速――」

「はぁあああ！！！」

彼は剣を振り上げる。しかし、それすらも今の私にはスローモーション映像のような動きに感じられた。

私は彼に向かって容赦なく剣を振り下ろす。

「くっ！　こ、この僕が力負けするだと!?」

咄嗟《とっさ》にゼノンさんは剣でガードするが、そんなものは関係なかった。

私の剣はあっさりと彼の剣を吹き飛ばす。

そして、そのまま……私は剣で彼を滅多打ちにした。

「うう、劣等聖女がこの僕を見下すな!!」

ゼノンさんの顔に恐怖が浮かんだ瞬間、彼が漆黒の鴉で攻撃してきたが、私は構わずに剣を振るう。

鴉はバラバラに飛び散り、地面に落ちた。

ゼノンさんは驚愕している。

「ば、馬鹿な……。こんなことが……」

私は一気に間合いを詰めて、彼に斬りかかった。

(これがローラさんとエレインさんのくれた力です！)

「闘気刃《とうきじん》!!」

私は剣に闘気を集中させて振り下ろした。

ゼノンさんはなんとか反応して避けようとしたが、わずかに遅れる。

「ぐあああっ!!」

私の一撃は彼の左の翼を切り飛ばした。

(やりました!!)

しかし、喜ぶのはまだ早かったようだ。

ゼノンさんは残った右の翼から漆黒の鴉を放つ。

私はそれを冷静にかわすと、今度は右の翼を切り裂いた。

……彼は言葉にならない声で絶叫する。

「ぐうぅ……。こんなはずはない……。僕は勇者として認められ、Sランクスキルに覚醒するくらい才能もある。なのに、どうして劣等聖女なんかに……。僕の……僕の人生が……」

彼は両膝をつく。もはや戦う力は残ってなさそうだ。

「……終わりにしましょう、ゼノンさん。あのアストという魔族から元の身体に戻る方法を聞き出してきます。そうすれば、あなたは普通の人間として生きられるかもしれません」

「黙れ、劣等聖女が……！　お前みたいな無能が……僕に指図をするな……！　お前のような奴の優しさが僕は、僕は――」

涙を流したかと思えば、ゼノンさんの髪の色が漆黒から元の赤色に戻り……彼は気絶した。

「お姉ちゃんすごいの。私の最高傑作に勝つなんて驚きなの」

「――っ!?」

背後に気配を感じて振り返ると、そこには小さな少女が立っていた。

アスト……、いつの間に私の背後に……。

「……お兄様は返してもらうの。私はゼノンお兄様を見捨てないよ。今回は撤退するけど……次はもっともっと強くなってもらうの」

そう言って、彼女は闇に包まれ消えていく。

そして、次の瞬間にはゼノンさんもまた姿を消していた。

（いったいなにが起きたんですか……？）

まさに満身創痍《まんしんそうい》の戦いだった。

あのアストという魔族が、ゼノンさんの負けるぎりぎりまで黙って見ていたことも、今となっては謎である。

「ソアラ、無事だったのか!?　よかった！」

「心配しましたわ」

「ソアラ姐さん、大丈夫ですか？」

「またボロボロになって、可哀想です～」

仲間たちが、呆然としている私のもとへ駆け寄ってくる。

（みなさん、無事でいてくださってよかった）

「ふぅ……」

ゼノンさんのことは気になるが、まだ彼は生きている。

助け出す方法はいずれ見つけ出せるはずだ。

それよりも仲間たちの無事を喜ぼう。……私は安堵のため息をついた。

「ソアラ姐さん、怪我の治療をしましょう。歩けますか？　もし辛《つら》いようならあたしがおぶりますけど……」

「いえ、エレインさん、そこまでしていただくわけには……」

「ダメですよ。早く治療しないと傷跡が残るかもしれないじゃないですか！」

「そ、それは困りますね」

「ソアラ様～、傷が治りましたらこのルミアがお風呂でマッサージして差し上げま～す」

「ふふ、ルミアさんったら」

私が苦笑すると、みんなも笑う。

（ああ、幸せです）

私はしみじみと胸の中が温かくなるのを感じた。

そして、こうして笑い合うことができる日々がいつまでも続いてほしいと心の底から願う。

それから数日間……私は治療に専念して身体を治した。

アストのような魔族への警戒を怠ることはなかったが、平穏な日々は過ぎてゆき、私たちパーティーはジルベルタ王宮の謁見の間で国王陛下と再び相まみえる……。

エピローグ

Banno Skill no Retto Seijo

「聖女ソアラとその仲間たちよ！　よくやった！　本当によくやったぞ！　やはり私の見込みに間違いはなかったな！　まさか、氷の魔城を偵察するだけでは飽き足らず、攻略してしまうとは！」

ジルベルタ王国の国王陛下は笑顔で私たちを迎えてくれた。

私たちのパーティーが、氷の女王ケルフィテレサの討伐に成功したことをとても喜んでいるようだ。

（そういえば偵察か本来の任務でしたね）

ゼノンさんのことなど、傷を癒《い》やしているうちに色々とあったので、すっかりと忘れてしまっていた。

「ソアラ殿、約束じゃ、お主に大聖女の称号を与える。拒否権はないぞよ――」

「慎《つつし》んで頂戴《ちょうだい》いたします」

私は頭を下げて国王陛下から〝大聖女〟の称号をいただく。

本音を言えば、このような大仰《おおぎょう》な称号は荷が重いと思った。

しかし、成果を残せたことは事実。そこで変に固辞するのも礼節を欠くと思ったのだ。

「これからも、我が王国の威光を背負ったそなたらの活躍を期待する!!」

この日から私は〝大聖女〟と呼ばれることとなる。

魔王軍と人類の戦いは激化の一途を辿っているが、私たちもその中心に飛び込むことを余儀なくされたのである。

「それでは、次の依頼はまたすぐに伝えさせることとする。下がってよいぞ」

「失礼します……！」

私たちは国王陛下に一礼をして、謁見《えっけん》の間《ま》から退出する。

やはり二度目も二度目で、ものすごく緊張した。

（これには、いつまで経《た》っても慣れそうにありませんね……）

「ソアラ姐《ねえ》さん、今度はどんな仕事を受けましょうかね」

「それはやはり我々に相応《ふさわ》しい、美しき剣技が映《は》えるミッションじゃないか？」

「ローラ、てめぇの意見は聞いてねーよ」

「ソアラ先輩、わたくし……先輩が大聖女になってくれて誇らしいですわ！」

「これからまた忙しくなりますね～」

ケルフィテレサにゼノンさんと、あれだけ連日……命懸《いのちが》けの戦いが続いたあとにもかかわらず、皆さんのやる気は十分みたいだ。

（こうしてともに同じ方向を向いて歩くことが、こんなにも楽しいなんて知りませんでした）

私ももっと皆さんと冒険がしたい。

気がつけば、私は明日という未来にワクワクしていた。


「ソアラ殿、ちょうどいいところに来られた。あなた方に新たな依頼です」

ジルベルタ王宮に用意された私たちのパーティー専用の一室。

ここは作戦会議などで使ってよいとされているのだが、私が謁見を終えてそこに戻ると衛兵隊長さんが新たな依頼が与えられたと書状を持ってきた。

「新たな依頼ですか。見せてもらっても？」

私は彼から依頼書を受け取る。

なるほど、今度の依頼はある意味、氷の魔城を攻略するよりも難題かもしれない。

『魔王軍の主戦力と総力戦を行う。各国の主戦力チームはエデルジア王国にある大聖堂へ集合。幹部クラスとの戦闘に備えよ』

下手《へた》をすると魔王軍の幹部クラスとの連戦もあり得る危険な依頼。

大聖女のパーティーとして認知される私たちが欠席することは許されないだろう。

「ソアラ殿、いかがいたしますか？　もちろん十分な準備期間を設けてからの出発という形になるでしょうが……」

「………」

私は少し考えた。そして、仲間たちの顔を見る。

みなさんは無言で頷いてくれたので、答えはすぐに出た。

「いいえ、早速向かいましょう」

「ふむ……それはどうしてですかな？」

「魔王軍が本格的に動きだしたのですから、その主力とぶつかる前に少しでも敵の情報を集めなければなりませんし……なにより戦力が不足しているのなら、犠牲を出す前に少しでもお役に立ちたいと思っておりますから」

「なるほど……さすがはソアラ殿。実に立派なお考えだと思います。いやはや、本当に素晴らしい！」

私が自分の意志を伝えると、衛兵隊長は感心したように何度も頷いた。

（いよいよ決戦の時が近づいているのかもしれません……）

そんな衛兵隊長さんを見ながら、私はこれから戦いが激化していくことを予感していた。

「みなさん、今日まで至らぬリーダーである私についてきてくださってありがとうございました。私は最高の仲間に巡り会えて本当に幸せです。どうか、これからも一緒に歩んでください」

「なに言ってんですか！　あたしらの方こそ、今までパーティーを率いてくださって本当に感謝してるんですよ！　それにまだ終わってもないのにもう別れの言葉みたいなこと口にしないでくださいよ……ソアラ姐さん」

エレインさんは目に涙を浮かべながら、私の手を握ってきた。

「そのとおりだ、ソアラ！　私たちはどこまでもあなたとともに歩む覚悟はとうについているる！」

「ソアラ様〜、ソアラ様は私たちの最高のリーダーですよ！」

「ソアラ先輩、わたくしは先輩とならば地獄の果てにだってお供いたしますわ!!」

みんなが口々に私のことを褒《ほ》めてくれる。

それが嬉しくて、私はまた泣きそうになってしまう。

それでも、ぐっと堪《こら》えた。ここで泣いてしまったらせっかくみなさんが信頼してくれているのに情けない姿を晒《さら》すと思ったからだ。

だから私は笑ってみせる。みなさんの信頼に応《こた》えられる強いリーダーになるために。

「はい、これからもよろしくお願いしますね。では、参りましょう。目指すはエデルジア王国の大聖堂です!!」

私は笑顔で、この先も旅路を行くことを決意した。

大丈夫……、きっとこのパーティーならば、どんな困難も乗り越えられるはずだから——。

あとがき

まずは「万能スキルの劣等聖女」をお買い上げくださりありがとうございます。

いかがでしたでしょうか？　面白いと楽しんでいただけたら嬉しいのですが……。

この作品は私にとって初めての公募受賞作で、なんというか賞をいただくということが私の人生で縁がなかったので受賞が決まったときは舞い上がって一日なにも手がつかなくなりました。

そしてこの作品で書籍化された作品は八作品目となるのですが、そろそろ長期シリーズのファンタジーを作りたい。そういう気持ちが強くなっていたので、このチャンスに全面的に改稿して最高の作品を作ろうと気合いを入れて取り組んだのです。

まず、ソアラを転生者にしました。ＷＥＢで連載されている作品の彼女には前世の記憶などありません。

そんなことに意味があるのか？　意味はあるんです！

ソアラの生来の器用さに理由がちゃんとつきます。

そして、シャワーというものの存在が説明しやすくなるので、自然にシャワーシーンを入れることができます。

正直に言うと生来の器用さはまぁまぁどうでも良くてシャワーシーンを書きたかったからです。

書いたら絶対にひげ猫《ねこ》先生がカラーでイラストを描いてくれますよね。

私から言わずとも担当様もそこは汲《く》んでくださって、きちんとイラストシーン候補にその場面を入れてくれました。

もう、口絵を見たとき夜神月《やがみライト》くんばりの「計画どおり」の顔をさせてもらいました。

話は飛んじゃいますが、ひげ猫先生のキャラクターデザインとイラスト最高すぎませんでした？

いやー、ひげ猫先生がイラストを担当しているライトノベルのキャラクターがことごとく可愛いんで、担当してくださると聞いたときは嬉しさがK点突破して、出版される日がさらに楽しみになりました。

そして実際にソアラたちのイラストを拝見したときは痺《しび》れましたね。

イラストレーター様の描いてくださったキャラクターを見るのは最高の瞬間の一つだとは、どの作家さんも仰《おっしゃ》っていることかと思いますが、本当にそうなんです。

こう、もう一つ命が宿ったというか、愛着が倍増するんですよ。

ＷＥＢ版から変更した要素としてルミアを猫耳にしたとか、女性キャラクターを増やしたとか、そういう部分もあったんですけど、全部正解。

なんせ、こんなに可愛く描いてもらったのですから……。あとがきを書いている今もなお、テンションは上がりっぱなしです。

そして、もちろん担当様にも感謝しっぱなしです。

まずは女性主人公の恋愛なしのファンタジー作品で賞に選んでくださったこと。

そして上記のような大幅改稿すべてにゴーサイン。つまりはやりたい放題させてくださったこと。

もう、好きなように書かせてくださった上で的確な改稿指示をくださったので、とても楽しく執筆することができました。

何回もあとがきで書いていることですが、書籍を出すにあたって沢山の大人の方がかかわってくださっています。

私が作品を少しでも面白くしようと頑張れるのは、多くの方が一緒に責任を持って仕事をしてくださっているからです。

関係者の皆様にもこの場を借りてお礼を申し上げます。

さて、今後の展望ですが……。次巻が出るのならば、ＷＥＢ版とはさらにかけ離れた展開になりそうです。

魔王軍との総力戦みたいなのは書いてみたいですし、勇者ゼノンのパーティー以外にも有名パーティーは出してみたいですね。

登場人物は本来増やしたくない怠《なま》け者なんですけど、読者様が覚えられそうな範囲内でそういう描写も書ければ、と思っております。

あとは魔王もそろそろ出したいです。ひげ猫先生にデザインしていただいて、読者様にもビジュアルでも楽しめるようにしたいと思っています。

長期シリーズ目指しておいて、早期打ち切りなんて考えたくもないですが、そういったことも万が一（?）あるかもなので、今回もそうですが、毎回一応いい感じで終われるような構成にはしたいと思っています。

読者様も、少しでも本作を気に入ってくださったのであれば是非とも感想などで応援してください。

どの作家さんもそうですが読者様の何気ない「面白かった」という一言で救われるのです。

冬月光輝

ダッシュエックス文庫

【第1回集英社WEB小説大賞・大賞】

『ショップ』スキルさえあれば、ダンジョン化した世界でも楽勝だ
～迫害された少年の最強ざまぁライフ～
十本スイ
イラスト／夜ノみつき

『ショップ』スキルさえあれば、ダンジョン化した世界でも楽勝だ2
～迫害された少年の最強ざまぁライフ～
十本スイ
イラスト／夜ノみつき

『ショップ』スキルさえあれば、ダンジョン化した世界でも楽勝だ3
～迫害された少年の最強ざまぁライフ～
十本スイ
イラスト／夜ノみつき

『ショップ』スキルさえあれば、ダンジョン化した世界でも楽勝だ4
～迫害された少年の最強ざまぁライフ～
十本スイ
イラスト／夜ノみつき

日用品から可愛い使い魔、非現実的なアイテムも『ショップ』スキルがあれば思い通り！最強で自由きままな、冒険が始まる!!

悪逆非道な同級生との因縁に決着をつけ、本格的に金稼ぎ開始！　武器商人となり『ダンジョン化』する混沌とした世界を征く！

ダンジョン化し混沌と極める世界で、今度は袴姿の美女に変身!?　ダンジョン攻略請負人として、依頼をこなして話題になっていく!!

理想のスローライフを目指して無人島の開拓を開始。そこへ異世界から一緒に来た弟を探しているという美少女エルフがやってきて…。

ダッシュエックス文庫

元勇者は静かに暮らしたい
こうじ
イラスト／鍋島テツヒロ

元勇者は静かに暮らしたい2
こうじ
イラスト／鍋島テツヒロ

元勇者は静かに暮らしたい3
こうじ
イラスト／鍋島テツヒロ

元勇者は静かに暮らしたい4
こうじ
イラスト／鍋島テツヒロ

国や仲間から裏切られた勇者は冒険者登録を抹消し、新しい人生を開始！　エルフを拾ったり水神に気に入られたり、充実の生活に!!

村長兼領主として、第二の人生を送る元勇者。訳あり建築士やシスター、錬金術師が仲間に加わり、領内にダンジョンまで出現して…!?

元勇者が治める辺境の村に不幸を呼ぶ少女が補佐官としてやってきた！　非常に優秀だが、関わった人物には必ず不幸が訪れるらしく!?

村長兼領主、今度は仲間と神界へ！　くせ者ぞろいの神との出会いは事件の連続!!　さらに他国の結婚式プロデュースもすることに!?

ダッシュエックス文庫

英雄教室

新木 伸
イラスト／森沢晴行

英雄教室2

新木 伸
イラスト／森沢晴行

英雄教室3

新木 伸
イラスト／森沢晴行

英雄教室4

新木 伸
イラスト／森沢晴行

元勇者が普通の学生になるため、エリート学園に入学!? 訳あり美少女と友達になり、ドラゴンを手懐けて破天荒学園ライフ満喫中！

魔王の娘がブレイドに宣戦布告!? 国王の思いつきで行われた「実践的訓練」で王都が大ピンチに!? 元勇者の日常は大いに規格外！

ブレイドと国王が決闘!? 最強ガーディアンが仲間入りしてついにブレイド敗北か!? 元勇者は破天荒スローライフを今日も満喫中！

ローズウッド学園で生徒会長を決める選挙を開催!? 女子生徒がお色気全開!? トモダチのおかげで、元勇者は毎日ハッピーだ！

ダッシュエックス文庫

英雄教室5

新木 伸
イラスト／森沢晴行

英雄教室6

新木 伸
イラスト／森沢晴行

英雄教室7

新木 伸
イラスト／森沢晴行

英雄教室8

新木 伸
イラスト／森沢晴行

超生物・ブレイドは皆の注目の的！ そんな彼の弱点をアーネストは〝魔法〟だと見抜き!? 楽しすぎる学園ファンタジー、第5弾！

クレアが巨大化!? お色気デートで5歳児ブレイド、覚醒!? 勇者流マッサージで悶絶!? 英雄候補生たちの日常は、やっぱり規格外!!

イェシカの過去が明らかになるとき、王都壊滅の危機が訪れる!? 大切な学園の仲間のため、今日も元勇者ブレイドが立ち上がる…！

王都の地下に眠る厄介なモンスターが復活!? 英雄候補生のアーネストたちは、王都防衛隊と共同作戦につき、討伐に向かったが…？

ダッシュエックス文庫

英雄教室9
新木 伸
イラスト／森沢晴行

英雄教室10
新木 伸
イラスト／森沢晴行

英雄教室11
新木 伸
イラスト／森沢晴行

英雄教室12
新木 伸
イラスト／森沢晴行

他国の王子とアーネストが結婚!?　学園みんなで修学旅行の予定が、極限サバイバルに!?　元勇者の非常識な学園生活、大騒ぎの第9巻。

ブレイドが5歳児に!?　アーネストが分裂!?　さらに魔王が魔界に里帰り!?　英雄たちの規格外すぎる青春は、今日も今日とて絶好調！

イオナのマザーだという少女が現れ、学園が大パニック！　王都にやってきたクーのママと、生徒たちを巻き込んで怪獣大決戦に…？

イェシカの悩み相談で男女の「ご休憩所」に!?　イライザの実験に付き合って大事件勃発など、元勇者の日常はやっぱり超規格外で非日常!!

ダッシュエックス文庫

英雄教室13

新木 伸
イラスト／森沢晴行

ブレイドは名前が原因でクレイと決闘!? アーネストが新たなヒロイン像を模索中!? ソフィは新しい自分へ斜め上の進化を遂げる！

君は僕の後悔《リグレット》

しめさば
イラスト／しぐれうい

今でも消えない後悔となった中学時代の恋人。自由な姿に憧れ、それゆえに苦しみ過去の思い出になった彼女と高一の夏に再会して……。

君は僕の後悔《リグレット》2

しめさば
イラスト／しぐれうい

孤独に生きていたあたしは、君の1番になれるわけがないと諦めていた。「あの子」が現れるまでは……。後悔を抱える少女の恋物語。

君は僕の後悔《リグレット》3

しめさば
イラスト／しぐれうい

クラスメイトの壮亮の発案で文化祭のためにバンドを結成した結弦たち。壮亮はベースに謎多き先輩・李咲を勧誘したいようだが…？

この作品の感想をお寄せください。

あて先　〒101-8050　東京都千代田区一ツ橋2-5-10
集英社　ダッシュエックス文庫編集部　気付
冬月光輝先生　ひげ猫先生

ダッシュエックス文庫

万能スキルの劣等聖女
～器用すぎるので貧乏にはなりませんでした～

冬月光輝

2023年1月30日　第1刷発行

★定価はカバーに表示してあります

発行者　瓶子吉久
発行所　株式会社　集英社
〒101−8050　東京都千代田区一ツ橋2−5−10
03（3230）6229（編集）
03（3230）6393（販売／書店専用）03（3230）6080（読者係）
印刷所　凸版印刷株式会社
編集協力　梶原　亨

ISBN978-4-08-631498-5 C0193